W9-BMO-874

TRES MESES DE OLVIDO

Kay Thorpe

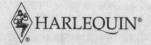
HARLEQUIN®

Editado por HARLEQUIN IBÉRICA, S.A.
Hermosilla, 21
28001 Madrid

© 2004 Kay Thorpe. Todos los derechos reservados.
TRES MESES DE OLVIDO, Nº 1526 - 8.9.04
Título original: The South American's Wife
Publicada originalmente por Mills & Boon®, Ltd., Londres.

Todos los derechos están reservados incluidos los de reproducción,
total o parcial. Esta edición ha sido publicada con permiso de
Harlequin Enterprises II BV.
Todos los personajes de este libro son ficticios. Cualquier parecido
con alguna persona, viva o muerta, es pura coincidencia.
® Harlequin, logotipo Harlequin y Bianca son marcas registradas
por Harlequin Books S.A.
® y ™ son marcas registradas por Harlequin Enterprises Limited y
sus filiales, utilizadas con licencia. Las marcas que lleven ® están
registradas en la Oficina Española de Patentes y Marcas y en otros
países.

I.S.B.N.: 84-671-1857-1
Depósito legal: B-32776-2004
Editor responsable: Luis Pugni
Diseño cubierta: María J. Velasco Juez
Composición: M.T. Color & Diseño, S.L.
C/. Colquide, 6 - portal 2-3º H, 28230 Las Rozas (Madrid)
Fotomecánica: PREIMPRESIÓN 2000
c/. Matilde Hernández, 34. 28019 Madrid
Impresión y encuadernación: LITOGRAFÍA ROSÉS, S.A.
c/. Energía, 11. 08850 Gavá (Barcelona)
Fecha impresion para Argentina:25.04.05
Distribuidor exclusivo para España: LOGISTA
Distribuidor para México: CODIPLYRSA
Distribuidores para Argentina: interior, BERTRAN, S.A.C. Vélez
Sársfield, 1950. Cap. Fed./ Buenos Aires y Gran Buenos Aires,
VACCARO SÁNCHEZ y Cía, S.A.
Distribuidor para Chile: DISTRIBUIDORA ALFA, S.A.

Capítulo 1

KAREN oía que la llamaban insistentemente a lo lejos. Abrió los ojos y parpadeó para intentar orientarse. Se encontró en una habitación desconocida bañada por el sol.

Su mirada se posó en una mano bronceada y masculina que tenía la suya agarrada sobre la colcha blanca de la cama y siguió subiendo por un antebrazo fuerte y musculoso hasta llegar al rostro de un hombre que estaba sentado a su lado.

Era un rostro vital que pertenecía a un hombre de pelo negro.

—Por fin has despertado —dijo con un acento peculiar.

Karen lo miró perpleja.

—No entiendo —murmuró sorprendida al oír la debilidad de su voz—. ¿Qué ha ocurrido? ¿Dónde estoy?

El hombre la miró confuso.

—Has tenido un accidente y te has dado un fuerte golpe en la cabeza. Por eso estás aquí, en el hospital, en Río.

—¿Río?

—Río de Janeiro —contestó el hombre con las cejas enarcadas—. ¿No recuerdas nada?

Karen lo miró completamente confundida. ¿Río de Janeiro? Eso era Brasil, ¿no? ¡Lo más lejos que había estado ella de casa era España!

–No entiendo –repitió–. ¿Y tú quién eres?

El hombre no contestó inmediatamente.

–Soy Luiz Andrade, tu marido.

Karen se quedó de piedra y lo miró con los ojos muy abiertos.

–Yo no estoy casada –contestó–. ¿Qué tipo de juego es éste?

Luiz le apretó la mano.

–El golpe que te has dado en la cabeza ha debido de confundirte. Relájate, pronto recordarás todo.

–¡No, no recordaré nada porque todo esto es mentira! –le espetó incorporándose en la cama y haciendo una mueca al sentir una dolorosa punzada en la cabeza–. ¡Me llamo Karen Downing y vivo en Londres! No he estado en Río de Janeiro jamás y, desde luego, no estoy casada... ¡ni contigo ni con nadie!

–No debes ponerte así –le aconsejó Luiz mirándola preocupado y apretando un botón que había junto a la cama–. Le voy a decir al médico que te dé algo para que te tranquilices. Cuando despiertes, te acordarás de todo.

–¡No! –gritó Karen apartando la mano e intentando distanciarse de aquel desconocido–. ¡Todo es mentira!

–¿Por qué te iba a mentir? ¿Por qué iba a decir que era tu marido si no fuera verdad?

–¡No lo sé! ¡Lo único que sé es que no te conozco de nada!

En ese momento, se abrió la puerta y entró una enfermera uniformada, que miró a ambos y habló en un idioma que Karen no entendía. El hombre que decía ser su esposo le contestó en el mismo idioma.

–¿Qué le has dicho? –preguntó Karen cuando la mujer se fue.

–Que vaya a buscar al médico –contestó Luiz–. Obviamente, tienes amnesia.

–No sé qué te propones, pero ya te puedes ir olvidando de ello –le aseguró Karen–. ¿Dónde está mi ropa? –añadió dándose cuenta de que sólo llevaba un camisón hospitalario.

–La ropa que llevabas cuando tuviste el accidente la hemos tirado –explicó Luiz–. Te traerán más cuando te den el alta y te puedas ir.

–¡Me quiero ir ahora mismo! No puedes retenerme aquí en contra de mi voluntad.

–¿Y a dónde irías? –le preguntó Luiz encogiéndose de hombros–. No conoces a nadie en Río. Ten paciencia y todo saldrá bien.

Luiz se giró al oír que la puerta se abría. Aquella vez era un médico ataviado con bata blanca que le habló en el mismo idioma que la enfermera. Karen recapacitó y recordó que en Brasil se hablaba portugués.

Se sentía atrapada en una pesadilla.

Cuando vio que el médico tenía una jeringuilla

en la mano, decidió dejar de luchar. Al fin y al cabo, dormir sería una bendición.

Karen abrió los ojos cuando ya había anochecido y, por un momento, creyó estar a salvo en su habitación. Tal vez, se había quedado dormida leyendo, algo que le pasaba a menudo.

Pero aquélla no era su habitación y aquello no había sido un sueño porque el hombre de antes seguía allí sentado, a su lado.

—¿Qué tal te encuentras? —le preguntó.

—Estoy asustada —confesó Karen.

—¿Sabes quién soy?

Karen negó con la cabeza.

—¿Qué recuerdas?

—Me llamo Karen Downing, tengo veintitrés años y comparto piso en Londres con una amiga que trabaja en la misma empresa que yo. Mis padres se mataron en un accidente de avión hace cuatro años.

Ante sus propias palabras, Karen tragó saliva pues aquella pérdida había sido muy dura.

—Todo eso ya lo sé —dijo Luiz—. Por lo visto, el golpe ha hecho que olvidaras los últimos tres meses de tu vida. Los tres meses que has pasado en Brasil, siendo mi esposa —añadió—. Nos conocimos en el hotel donde estabas pasando unas vacaciones y nos casamos en menos de una semana —le explicó con calma.

—¡Eso es imposible! —explotó Karen—. Yo nunca haría algo así...

Se interrumpió al darse cuenta de que no recordaba nada, así que no podía decir lo que había hecho o dejado de hacer. ¡Pero tres meses! ¡Tres meses enteros de los que no recordaba nada! ¡Era imposible!

–¿Qué hacía yo en Río? –preguntó intentando calmarse–. Es imposible que viniera aquí de vacaciones porque no me lo podía permitir.

–Me dijiste que habías ganado algo de dinero en la lotería y que habías decidido gastártelo en viajar.

–Así que no te casaste conmigo suponiendo que era rica –murmuró Karen intentando entender todo aquello.

Aquello hizo sonreír a Luiz, que tenía una sonrisa ancha y sensual.

–Tu belleza me encandiló y tu personalidad me llegó al corazón –confesó haciendo que Karen lo mirara muy seria–. Cuando te dije por primera vez lo que sentía por ti, me miraste igual, como si te costara creer que un hombre se pudiera sentir atraído por ti de esa manera. Sólo comenzaste a creerme cuando hicimos el amor.

Karen se sonrojó, pero no pudo evitar fijarse en el maravilloso cuerpo de aquel hombre y sintió un calor inequívoco en el bajo vientre al imaginarse la escena.

–Eras virgen –continuó Luiz–. Ya sólo con eso me hubiera entregado a ti para el resto de mi vida. Menos mal que tú sentías lo mismo por mí porque yo estaba dispuesto a pelear por ti con uñas y dientes.

«Tiene que ser verdad», pensó Karen desesperada.

Tal y como había dicho él mismo, ¿por qué le iba a mentir? ¡Lo malo era que Karen no recordaba absolutamente nada de todo aquello!

–¿Has dicho que nos casamos a la semana de conocernos? –aventuró.

–Para ser exactos, cinco días después. Si por mí hubiera sido, habría sido antes, pero tuvimos que hacer ciertos papeles. Nos fuimos a mi casa de Sao Paulo al día siguiente.

Karen intentó recordar en vano.

–¿Me estás diciendo que no volví en ningún momento a Inglaterra?

–No lo creíste necesario porque no tenías nada por lo que volver. Hablaste con tu compañera de piso, Julie, y con tu trabajo.

–¿Y mis cosas?

–La mayor parte de ellas las tenías contigo y, por lo visto, la casa en la que vivías era alquilada, así que las pocas cosas que querías conservar te las mandó tu amiga.

Karen asimiló aquella información en silencio, intentando imaginarse la reacción de Julie ante la noticia.

–Supongo que se llevaría a una gran sorpresa –murmuró.

–Supongo que sí. Puedes llamarla si te parece que la alianza que llevas no es suficiente prueba de que todo lo que te estoy diciendo es cierto.

Karen levantó la mano lentamente y se miró la alianza de oro que lucía en el dedo.

–Te creo. ¡No me queda más remedio que creerte! Sin embargo, me cuesta.

–Supongo que debe de ser difícil –contestó Luiz–. No tengas miedo, no pienso vengarme.

Karen lo miró confusa.

–¿Vengarte? ¿Por qué?

Por cómo la miró, parecía que Luiz se arrepentía de haber mencionado eso.

–Me parece que hay temas que de momento va a ser mejor no tocar –contestó–. Ya tenemos suficientes problemas.

–Quiero que me digas a qué te referías –insistió Karen–. ¡Tengo derecho a saberlo!

Luiz dudó, pero terminó encogiéndose de hombros.

–Muy bien. Has llegado a Río en compañía de un hombre llamado Lucio Fernandas, con quien por lo visto mantenías una aventura. Yo te he seguido para que vuelvas conmigo, pero has tenido el accidente antes de que a mí me diera tiempo de llegar aquí. Tal vez, haya sido lo mejor porque, de lo contrario, me habría visto obligado a tomar medidas desagradables para todos.

Karen lo miró con la boca abierta. ¿Tenía una aventura con otro hombre?

–¿Estás seguro? –le preguntó.

–¿De que tenías una aventura? –sonrió Luiz con sarcasmo–. ¿Por qué te ibas a ir con él si no?

–No lo sé –admitió Karen–, pero si es cierto, ¿por qué quieres que vuelva contigo?

–Porque lo que es mío es mío –contestó Luiz

con decisión–. Nadie en mi familia se ha divorciado jamás y nadie se divorciará... da igual cuánto te provoquen.

Karen sintió un escalofrío por la espalda e hizo un esfuerzo supremo para controlarse.

–¿Y dónde está ese tal Lucio Fernandas?

–¡Ha desaparecido, el muy cobarde! –contestó Luiz con desprecio–. Cuando llegaron los médicos, estabas sola.

–¿Dónde estaba?

–En la carretera que lleva el aeropuerto. Estabas inconsciente, pero llevabas la documentación, así que me han podido avisar. En ese momento, yo estaba justamente aterrizando –le explicó Luiz–. Has estado inconsciente casi dos horas y temían que te hubieras facturado el cráneo.

–¿Estabas aterrizando? –preguntó Karen confusa.

–Esta mañana, cuando me he dado cuenta de que te habías ido, he ido detrás de ti –contestó Luiz–. Te habías llevado el pasaporte, pero no creí que fueras a ir a un aeropuerto internacional sino a uno más pequeño, donde sería más difícil encontrarte. Acerté, pero por desgracia he llegado un cuarto de hora tarde a Congonhas. He tomado el siguiente vuelo a Río después de haberme asegurado de que Fernandas también iba en ese avión –le explicó.

–Lo siento –dijo Karen.

Le parecía completamente fuera de lugar decirlo, pero era lo único que se le ocurría en aquellos momentos.

—Soy yo quien te pide perdón. No debería haberte contado esto tan pronto —contestó Luiz poniéndose en pie con la agilidad de una pantera—. Tienes que descansar. Mañana te veo.

Aunque fuera extraño, Karen no quería que se fuera. Mientras estuviera allí, podía seguir haciendo preguntas.

—¡No me quiero quedar aquí! —exclamó desesperada.

—Te tienes que quedar —le dijo Luiz en un tono que no admitía protestas—. Por lo menos, hasta que los médicos se aseguren de que no has sufrido más daños cerebrales. Dormir te sentará bien. A lo mejor, mañana ya te acuerdas de todo.

Karen se dio cuenta de que Luiz no creía que aquello fuera posible, pero asintió. Afortunadamente, no la tocó para despedirse. Se limitó a decirle adiós con la mano.

Karen lo miró mientras iba hacia la puerta y se fijó en su maravilloso cuerpo. ¡Y pensar que se había acostado con él! ¿Cómo podía haberse olvidado de algo así?

Cuando Luiz se hubo ido, entró una enfermera diferente que la ayudó a ir al baño. Una vez allí, Karen se miró al espejo y se reconoció en aquella rubia natural con el pelo por los hombros de ojos verdes que la miraba desde el otro lado del espejo.

Era cierto que el pelo le había crecido.

Luiz debía de rondar los treinta años y era de ese tipo de hombres por los que las mujeres se vuelven locas. Imaginó que eso era precisamente lo que le había pasado a ella porque había decidido dejarlo todo para estar con él.

Eso le hacía imposible creer que tuviera una aventura con otro hombre a los tres meses de haberse casado con Luiz.

–¿Está usted bien? –le preguntó la enfermera desde el otro lado de la puerta.

Karen se dijo que quedarse allí mirándose en el espejo y preguntándose cosas para las que no tenía respuesta no le iba a conducir a nada.

Lo único que podía hacer era esperar.

La enfermera le dio una pastilla para dormir y Karen descansó bien aquella noche, pero a la mañana siguiente todo seguía igual.

Se despertó a las cinco y media, mucho más en forma que el día anterior. Se duchó y se lavó el pelo. No tenía maquillaje ni ropa, pero se sentía mucho mejor.

No tenía ni idea de qué iba a ser de ella. Además de haberse casado con un hombre del que no se acordaba, había traicionado su confianza. Aunque él quisiera que volviera a casa, ¿sería capaz ella de acompañarlo?

¿Y qué otra opción tenía? En Inglaterra ya no tenía ni casa ni trabajo.

Se acercó a la ventana de la habitación y observó el paisaje compuesto por rascacielos blancos, parques verdes y, al fondo, el océano azul, del mismo azul que el cielo. A lo lejos, la inconfundible silueta del Pan de Azúcar.

Karen se había dado cuenta de que el hospital en el que estaba ingresada no era un hospital normal pues tenía lujosos muebles y las instalaciones eran estupendas. Obviamente, Luiz Andrade era un hombre con dinero.

Ignoró la idea de que, tal vez, eso hubiera tenido algo que ver con la decisión de casarse con él tan rápidamente. Si ahora pensar en ello le daba náuseas, seguro que le habría pasado lo mismo tres meses atrás.

La enfermera del turno de mañana le llevó el desayuno y Karen eligió fruta y cereales. Lo cierto era que, aunque todavía le seguía dando vueltas la cabeza, se encontraba mucho mejor, así que supuso que se podría ir del hospital aquel mismo día.

Eso quería decir que iba a tener que enfrentarse a la situación.

Luiz Andrade era su marido. Eso ya lo había aceptado. Lo que más le preocupaba era lo que esperara de ella. No tenía ni idea de los derechos de la esposa en un país como Brasil. ¿Y si se le ocurría obligarla a cumplir con sus obligaciones maritales a pesar de su estado? ¿Y a qué se habría referido cuando había dicho que hubiera tenido que hacer algo de consecuencias desagradables para todos?

Para cuando Luiz llegó, Karen estaba al borde del pánico.

–¿Qué tal te encuentras? –le preguntó.

–Más o menos igual –contestó ella–. Mentalmente sigo sin recordar aunque físicamente me encuentro mejor.

—A ver qué dicen los médicos —dijo Luiz acercándose a la cama y sentándose en ella—. Es cierto que tienes mejor aspecto. ¿Te sigue doliendo la cabeza?

—Solamente si hago movimientos bruscos —contestó Karen notando un intenso calor ante su cercanía—. ¡Me encontraría mucho mejor si pudiera pintarme los labios!

—A ti no te hacen falta esas cosas para estar guapa —declaró Luiz—. El color de tu pelo es suficiente.

—Me lo he lavado —declaró Karen desesperada por mantener la conversación en un nivel casual—. Lo tenía fatal.

—No me extraña —dijo Luiz apartándole un mechón de la cara—. ¿Tanto te molesta que te toque? —añadió al percibir que Karen hacía un movimiento para distanciarse.

—Ha sido un acto reflejo —contestó Karen—. Nada personal. Es que todavía no acabo de entender esta situación.

—A mí también me resulta difícil —admitió Luiz—. Nunca diste muestras de que mis atenciones ya no te gustaran. La noche antes de que huyeras, cuando hicimos el amor...

—¡No! —gritó Karen temblando mientras sentía un espasmo en la entrepierna indicándole que su cuerpo recordaba lo que su mente no alcanzaba a vislumbrar—. ¿Te importaría que habláramos de otra cosa?

—¿De qué? —preguntó Luiz secamente.

Karen miró a su alrededor.

–¿De tu casa?

–Nuestra casa –la corrigió Luiz–. La casa a la que volveremos a vivir los dos juntos –añadió sentándose en una silla–. Sao Paulo está a unos cuantos kilómetros de aquí, es la ciudad más grande de Brasil y el estado del que es capital es uno de los más ricos del país. Guavada es un rancho ganadero situado al noroeste de la ciudad.

Nada de lo que había oído le hacía recordar. ¡Un rancho ganadero!

–¿Eres capataz o algo así? –aventuró Karen.

En ese momento, se abrió la puerta y entró el mismo médico que la había atendido el día anterior. Luiz se puso en pie para saludarlo. El médico se acercó a Karen, examinó el moretón que tenía en la sien y le miró el fondo de ojo.

–Ha tenido suerte –concluyó satisfecho.

–Pero tengo amnesia –protestó Karen–. ¿Cuánto me va a durar esto?

El médico dudó.

–Recobrará la memoria en cualquier momento –dijo por fin–. La conmoción le ha dañado el cerebro, pero debe usted tener paciencia e intentar no preocuparse.

«Qué fácil es decirlo», pensó Karen.

¿Cómo no se iba a preocupar?

Luiz acompañó al médico a la puerta y, cuando volvió, le anunció que le habían dado el alta.

–Voy a dar instrucciones para que te traigan ropa –añadió–. ¿Necesitas ayuda para vestirte?

–¡No! –negó Karen con decisión.

–No me refería a mí sino a una enfermera –sonrió Luiz.

–Perdón –dijo Karen encogiéndose de hombros–. No es que no confíe en ti.

–¿Ah, no? ¿De verdad crees que todo lo que te dicho es verdad?

–Sí, no me queda más remedio que creerte.

–No, eso es cierto y a mí me pasa lo mismo.

Dicho aquello, se fue antes de que a Karen le diera tiempo de contestar. Lo cierto es que tampoco había mucho más que decir porque no tenía más opción que irse con él.

La maleta de cuero a juego con el bolso de mano que le llevaron a continuación no le decían nada. No lo reconoció. Abrió el bolso y vio que tenía un pasaporte con su apellido de casada y una billetera con moneda extranjera.

No tenía ni idea de cuánto dinero llevaba, pero eso tampoco importaba demasiado. Lo que sí le producía curiosidad era saber cuáles eran sus planes con el tal Lucio Fernandas.

No había nada en el bolso que respondiera a aquella pregunta. Abrió la maleta y se sorprendió al ver que toda la ropa estaba amontonada, como si la hubiera hecho a toda prisa, como si su decisión de irse hubiera sido apresurada.

Entre la ropa, había una fotografía que hizo que se le formara un nudo en la garganta. La habían tomado unos meses antes de que sus padres murieran, durante unas vacaciones. Estaban los tres riéndose y mostrando el minúsculo pez que su madre había conseguido pescar en el río que tenían a sus espaldas.

Con lágrimas en los ojos, la volvió a guardar y se vistió. En el bolso encontró un pintalabios y, mientras se lo ponía, se dio cuenta de que tenía el moretón peor que la noche anterior y de que también tenía rasguños en las mejillas, pero tenía cosas más importantes de las que preocuparse que su apariencia física.

Lo último que recordaba con claridad era haber ido una fiesta de despedida de un amigo del trabajo. Después, se había ido a cenar con un grupo de la oficina. Cuando había llegado a casa, Julie no estaba, así que se había preparado un chocolate caliente y se había ido a la cama.

Aquello había sido el 12 de septiembre. Para ella, anteayer. Luiz le había dicho que llevaban casados tres meses, pero no le habían dicho qué día era.

—Estamos a 27 de enero —le dijo cuando volvió—. Aquí es verano.

—Qué bien —contestó Karen intentando mostrarse entusiasmada.

—Vamos, hay un taxi esperándonos para llevarnos al hotel —dijo Luiz tomando la maleta.

—¿A un hotel?

—Sí, creo que es mejor que pasemos un tiempo así, antes de volver a Guavada porque tenemos mucho de lo que hablar.

Luiz le abrió la puerta y Karen salió a un mundo

desconocido. Una vez en la calle y a pesar de que sólo eran las nueve y media de la mañana, comprobó que ya hacía bastante calor, así que agradeció el aire acondicionado del taxi.

Luiz iba sentado a su lado y sus muslos casi se rozaban.

«Desnudo debe de ser impresionante», no pudo evitar pensar Karen.

No tenía dudas de que lo había visto desnudo y de que él la había visto desnuda a ella. Se preguntó cómo habría hecho para satisfacer a un hombre tan viril ella que no tenía ninguna práctica en el terreno sexual.

Llegaron a un maravilloso hotel situado en primera línea de playa y se dirigieron a una preciosa habitación desde la que se veía el Pan de Azúcar a la izquierda.

—¿Te recuerda algo? –le preguntó Luiz.

—No –contestó Karen desde la terraza.

—¿No lo reconoces?

—Sí, claro que lo reconozco. He visto muchas fotografías.

—¿Nada más?

—No, ¿por qué?

—Porque era la misma vista que tenías hace tres meses desde la habitación de tu hotel, que era ésta. Creí que eso te haría recordar.

—No ha sido así –contestó Karen–. Debí de ganar mucho dinero para poderme hospedar en un hotel como éste.

—Creo que varios miles de libras esterlinas

–contestó Luiz–. Me dijiste que querías ver cómo vivían los ricos.

–Y por eso me busqué un marido que lo fuera –comentó Karen con disgusto–. Olvida lo que acabo de decir, ¿de acuerdo?

–Olvidado.

Desde luego, no se estaba portando bien con él. En cualquier caso, tampoco le hacía ninguna gracia tener que dormir en la misma habitación que Luiz.

–Yo estoy en la habitación de al lado –declaró él como si le hubiera leído el pensamiento–. No tengo intención de presionarte.

–Lo siento –se disculpó Karen porque no sabía qué decir–. No es que no te encuentre... atractivo.

–No es un mal comienzo –contestó Luiz con sequedad–. No soy una persona paciente, pero voy a tener que aprender a serlo. Quizás, cuando veas nuestra casa, recobres la memoria.

–Quizás –contestó Karen–. No creerás que estoy fingiendo la amnesia, ¿verdad?

–¿Por qué ibas a hacerlo? –preguntó Luiz sorprendido.

Karen se encogió de hombros.

–Por miedo a tu venganza quizás.

–¿Crees que te voy a pegar o algo así?

–No te conozco de nada y no sé de lo que eres capaz –contestó Karen–. En cualquier caso, no es verdad, no estoy fingiendo.

–Admito que ha habido momentos en nuestra relación en los que me has conseguido engañar porque eres muy buena actriz.

–¿Discutíamos a menudo?

–Teníamos diferencias de opinión y tú eres una mujer de mucho carácter.

–En mi país todas las mujeres tenemos carácter y expresamos nuestra opinión en voz alta.

–En Brasil, las mujeres también lo hacen, pero son mucho más sutiles. Tenemos que dejar todo esto atrás y volver a empezar. Voy a alquilar un coche y vamos a ir a dar una vuelta, tal y como hicimos cuando nos conocimos. Eso tal vez te ayude –dijo Luiz yendo hacia la puerta–. Nos vemos en el vestíbulo dentro de media hora.

Karen se quedó varios minutos parada en el mismo sitio, a solas, recordando la conversación. Todavía tenía muchas preguntas y Luiz era la única persona que se las podía contestar.

Si todo lo que le había dicho era cierto, ¿por qué se había ido con otro hombre?

Capítulo 2

CUANDO Karen bajó al vestíbulo, la limusina que Luiz había alquilado ya los estaba esperando. Luiz le indicó que se acomodara en el asiento del copiloto y él se puso al volante.

Luiz le había dicho que la había llevado a hacer turismo cuando se habían conocido y, aunque Karen dudaba que aquello le fuera a ayudar a recuperar la memoria, estaba dispuesta a intentarlo.

¡Estaba dispuesta a intentar lo que fuera!

Tomaron la dirección de las montañas que rodeaban la ciudad y dejaron atrás las calles congestionadas por el tráfico para adentrarse en un mundo de selva tropical con gruesas lianas que colgaban como pitones de las ramas de los árboles, que estaban recubiertos de musgo.

La vegetación era tan espesa que apenas permitía que pasaran los rayos solares, pero aun así había enormes flores de todos los colores entre el follaje.

Karen lo miraba todo con la boca abierta y no se podía creer que estuvieran todavía en el límite municipal de la ciudad de Río de Janeiro.

–¡Esto parece otro planeta! –exclamó fijándose en una enorme begonia amarilla–. ¿Y ese ruido?

–Son los monos –le explicó Luiz–. Hemos invadido su territorio. Estamos en la Terra da Tijuca, el parque nacional de Río que ocupa más de ciento cincuenta kilómetros cuadrados.

–¡Es maravilloso!

–Pero no te acuerdas de nada, ¿verdad? –preguntó Luiz mirándola de reojo.

–No –contestó Karen sinceramente–. Para mí, es la primera vez que veo todo esto.

El entusiasmo desapareció de su voz, echó la cabeza hacia atrás y cerró los ojos.

–Me siento como si estuviera viviendo la vida de otra persona.

–Te aseguro que no es así –contestó Luiz–. Recobrarás la memoria tarde o temprano.

–¿Y si no la recupero nunca?

–Entonces, aceptaremos las cosas tal y como vengan y viviremos de acuerdo con ellas –contestó Luiz apretando las mandíbulas.

–No estoy segura de poder aceptarlo –confesó Karen.

–No hay otro remedio.

Karen se dio cuenta de que era inútil protestar. Hubiera hecho lo que hubiera hecho, era su esposa y lo iba a seguir siendo.

Al cabo de un rato, llegaron a un precipicio desde el que se veían las playas de Copacabana e Ipanema y Karen se quedó con la boca abierta.

–La primera vez que viste esta panorámica también te quedaste así, muy impresionada –le explicó Luiz–. Estabas alucinada con todo.

–Supongo que contigo también –murmuró Karen.

–Sí –admitió Luiz.

–¿Cuánto tiempo aguanté?

–¿A qué te refieres? –preguntó Luiz con las cejas enarcadas.

–¿Cuánto tiempo aguanté antes de acostarme contigo?

–¿Es importante para ti?

–Sí, quiero saberlo.

Luiz se encogió de hombros.

–Hicimos el amor el mismo día en el que nos conocimos.

Karen tragó saliva.

–¡Debí parecerte una conquista muy fácil!

–Jamás se me pasó algo así por la cabeza. Para mí, éramos dos personas atraídas por una fuerza sobrenatural.

Karen no se atrevía a mirarlo a los ojos.

–¿Te habrías casado conmigo aunque no hubiera sido virgen?

–Sí.

Entonces Karen lo miró. Luiz estaba apoyado en la barandilla del mirador, muy seguro de sí mismo.

–Háblame de Lucio Fernandas –le pidió Karen.

–Preferiría no hablar de él.

–Tenemos que hablar de él –insistió Karen.

Luiz la miró y no dijo nada durante un rato.

–No sé mucho de él –dijo por fin–. Lo contrató uno de mis capataces. Si yo hubiera sabido... –se interrumpió acalorado–. Le hubiera dejado en un estado tan lamentable que ninguna otra mujer se habría vuelto a interesar por él.

Karen comprendió que Luiz Andrade era un hombre muy orgulloso y el hecho de que su mujer tuviera una aventura con un empleado lo sacaba de sus casillas.

–No me convence –le dijo a la defensiva–. ¿Qué pruebas tienes de que tuviera una aventura con él?

–¿Qué más pruebas necesito cuando era obvio que te ibas con él?

–¿Y no habías sospechado nada antes?

–Beatriz intentó abrirme los ojos, pero no le hice caso.

–¿Quién es Beatriz?

–No es el lugar para hablar de esto. Volvamos al hotel.

Karen no protestó. El nombre de Beatriz le decía algo, pero no sabía exactamente de qué la conocía.

Cuando llegaron al hotel, ya era por la tarde y Karen insistió en ir a descansar a su habitación porque no tenía hambre.

Al llegar, se duchó y, mientras se vestía, se dio cuenta de que todo apuntaba a que realmente había tenido una aventura con otro hombre.

Tragó saliva al imaginarse lo que le esperaba cuando volvieran al rancho.

¿Dónde estaría ahora si no hubiera tenido un accidente? ¿Qué tipo de vida llevaría con un hombre que la había dejado tirada inconsciente en mitad de la carretera? ¿Cómo se había sentido atraída por un hombre así estando casada con el carismático Luiz Andrade?

A no ser que Luiz tampoco fuera el hombre que parecía ser. ¿Cómo podía estar segura de que su relación marital había sido buena? Luiz había admitido que solían discutir.

La fue a buscar a las ocho para cenar.

–¿Has descansado?

–Más o menos –contestó Karen–. ¿Dónde vamos a cenar?

–En el hotel. Quiero repetir, en todo lo posible, los detalles de la última vez que estuvimos aquí para ver si así recuerdas algo.

–¿Todos los detalles?

–He dicho en la medida de lo posible. No pienso obligarte a hacer nada.

–Por ahora –murmuró Karen.

–¿Te crees que podría hacer algo contigo cuando cada vez que cierro los ojos te veo en brazos de Fernandas?

Karen lo miró a los ojos y vio que estaba furioso.

–Perdón –se disculpó–. Lo he dicho sin pensar. ¿Crees que podrás perdonarme algún día?

–No lo sé, pero voy a tener que aprender a vivir con ello –contestó Luiz más calmado–. Ya te he dicho que no pienso divorciarme.

Sí, eso lo había dejado muy claro y Karen no pensaba protestar.

–Esta mañana has mencionado a una tal Beatriz. ¿Quién es?

–Es la esposa de mi hermano Raymundo –contestó Luiz con un brillo extraño en los ojos.

El nombre de su hermano no le dijo nada a Karen.

–¿Él también trabaja en el rancho?

–Beatriz y mi hermano viven allí, sí, y también Regina, mi hermana pequeña, a la que afectó mucho tu partida.

Karen tuvo que sentarse porque las piernas no la sujetaban. ¿Cuántas personas estarían esperando su regreso en la casa de la que había huido?

–¿Cuántos años tiene Regina?

–Dieciocho.

–¿Y Raymundo?

–Veintiocho, cuatro menos que yo. Había otro hermano entre nosotros, pero murió hace dos años.

–Lo siento.

–No llegaste a conocerlo –la tranquilizó Luiz abriendo un armario y sirviendo dos copas.

Al probar la suya, Karen se dio cuenta de que era ron. Obviamente, el alcohol no le iba a solucionar los problemas, pero el instantáneo efecto que tuvo sobre ella le gustó.

–¿Y tus padres?

–Mi padre murió hace unos años y mi madre se volvió a casar y vive en Brasilia.

–¿Nos conocemos?

–Sólo os habéis visto una vez.

–¿No le hizo mucha gracia que te casaras conmigo?

–No, ella hubiera preferido que me casara con una mujer de aquí.

–Lo entiendo.

–Una tontería –concluyó Luiz dejando los dos vasos vacíos sobre la mesa–. Ya basta de preguntas por ahora. Tenemos que bajar a cenar.

Karen no tenía hambre, pero obedeció. Los huéspedes que bajaron con ellos en el ascensor no pudieron evitar fijarse en las lesiones de su cara. Karen se sentía un tanto avergonzada, pero Luiz no dijo nada.

A llegar al restaurante, los condujeron a una mesa apartada, pero Karen no reconocía nada del entorno. Dejó que él pidiera y se comió lo que le sirvieron acompañado de media copa de vino, que se le subió inmediatamente a la cabeza.

–Esto no funciona –le dijo mientras tomaban café–. No creo que nada vaya a funcionar.

–No tenemos nada que perder por intentarlo –contestó Luiz–. Después de cenar, fuimos a una discoteca y luego volvimos al hotel.

Karen sintió una repentina punzada en la sien y se le aceleró el corazón. Intentó desesperadamente apresar la imagen que flotaba en su mente como una nebulosa.

–¿Qué te ocurre? –preguntó Luiz preocupado–. ¿Has recordado algo?

Karen negó con la cabeza.

–Nada concreto.

–Pero has sentido una cosa que significa algo para ti, eso es obvio.

–Sí –admitió Karen–. ¿Alguien sabe lo de Lucio Fernandas?

–Beatriz es la única que lo sabe.

–¿Y confías en ella? ¿No se lo dirá a nadie?

–No creo. Será mejor que no lo haga porque Regina cree que te has sido porque hemos discutido. Ya le va ser suficientemente difícil aceptar tu amnesia.

–¿Y si lo mantuviéramos en secreto? –propuso Karen.

–¿Cómo se te ocurre decir algo así?

–No claro, no se puede –se disculpó Karen–. Es que... No te imaginas lo difícil que es sentarse aquí y escuchar lo que te cuentan de personas, lugares y cosas que tú no recuerdas. La persona que parece que era no tiene ninguna relación con la persona que yo creo ser. ¡Es como mirarse en un espejo y ver el reflejo de otra!

Luiz se inclinó hacia delante y la miró muy serio.

–Esto es difícil para los dos. Que te engañen es horrible, pero que te olviden...

En ese momento, levantó la mano para llamar al camarero.

Hasta entonces, Karen no se había parado a pensar en lo que él estaría pasando. Intentó imaginárselo. ¿Cómo se sentía un hombre al que su esposa olvida por completo después de meses de estar casados?

Mientras Luiz firmaba el recibo de la tarjeta de crédito, Karen se fijó en aquellas manos de dedos largos y fibrosos y se dio cuenta de que habían recorrido todo su cuerpo.

Inmediatamente, sintió un escalofrío por la espalda.

Sin duda, en los últimos tres meses había acabado con todas sus inhibiciones. Por cómo estaba reaccionando su cuerpo en aquellos momentos, era obvio. No recordaba haber hecho el amor con aquel hombre, pero se sentía atraída por él.

No sabía por qué había buscado a otro hombre, pero desde luego no era porque Luiz no la atrajera sexualmente.

Luiz se puso en pie y ella lo imitó. Eran las diez pasadas y tomaron un taxi que los llevó a una lujosa mansión. Una vez en el vestíbulo, Luiz mostró una tarjeta y los dejaron pasar.

Pasaron de largo ante las mesas de juego y fueron a parar a una pequeña sala de baile con mesas alrededor. Luiz también ignoró las mesas, fue directamente a la pista y tomó a Karen entre sus brazos.

Karen se dejó llevar mientras sentía su mano en la zona lumbar y su aliento en la sien. Tenía el cuello de Luiz, que llevaba la camisa abierta, muy cerca de la nariz y no podía evitar aspirar su aroma.

Tal vez, si hicieran el amor...

Apartó aquel pensamiento de su cabeza inmediatamente. Aunque ella quisiera, Luiz había dejado muy claro horas antes que no podía hacerlo porque se la imaginaba constantemente en brazos de Lucio Fernandas.

Había ido a buscarla a Río de Janeiro porque era su esposa, pero eso no quería decir que estuviera dispuesto a volverse a acostar con ella.

–¿Crees que podrías haberme obligado a volver contigo si no hubiera perdido la memoria? –le preguntó.

–No sé si hubiera funcionado –contestó Luiz al cabo de unos segundos–. La confianza entre nosotros se había roto.

–A pesar de eso no querías que nos divorciáramos.

–No. Soy de los que cree que el matrimonio es para toda la vida. Por eso, precisamente, he esperado tanto tiempo, hasta que he encontrado a una mujer con la que quiero compartir mis días.

–Pero esa mujer te ha engañado –dijo Karen–. Me siento terriblemente mal por ello y te aseguro que me cuesta mucho reconocerme en alguien capaz de hacer algo así.

–El gran error fue elegir a su nombre al que le importabas tan poco que te dejó tirada inconsciente después del accidente.

Karen asimiló aquel golpe de la mejor manera que pudo.

–Me cuesta trabajo entender por qué dejó aquel hombre un buen trabajo.

Luiz se rió.

–Seguramente por miedo a lo que le pudiera suceder cuando me enterara de que tenía una aventura contigo.

–En ese caso, ¿por qué se iba a arriesgar a tenerla?

Luiz se volvió a reír.

–Porque es obvio que muy pocos hombres se

quedan indiferentes ante ti. Cuando te conocí, eras virgen única y exclusivamente porque no habías encontrado a un hombre que te supiera tratar. Podría haberte tomado nada más conocernos.

–¿Y por qué no lo hiciste? –lo desafió Karen.

–Porque no sólo quería tu cuerpo –contestó Luiz recordando–. Lo quería todo.

Karen sintió un intenso calor y, sin pensar, se apretó contra él.

–¡No hagas eso! –le dijo Luiz con dureza.

Karen volvió a la realidad y se sonrojó al mirarlo.

–No lo he hecho adrede –le aseguró–. Me ha salido así.

–¿También te pasó eso con Fernandas? –sonrió Luiz con desprecio.

–¿Cómo lo voy a saber? No sé nada. Lo único que sé es lo que tú me dices.

–¿Me estás acusando de mentirte? –exclamó él parándose en seco.

–No, claro que no, pero no entiendo nada. A no ser que Lucio Fernandas tuviera dinero, nada de esto tiene sentido. El dinero que yo llevaba encima no era suficiente ni para los billetes de avión de los dos.

–Entonces, ¿qué hacíais los dos en el mismo avión? ¿Qué hacías tú en ese avión?

Karen sacudió la cabeza completamente desesperada.

–No lo sé... ¿te importaría que nos fuéramos al hotel? Me duele mucho la cabeza.

Luiz la miró con preocupación.

–Ha sido culpa mía, por insistir en que hiciéramos el mismo plan que cuando estuvimos aquí por última vez. Voy a llamar a un taxi.

Mientras esperaban, Luiz se mostró de lo más solícito. Era cierto que a Karen le dolía horriblemente la cabeza. Era como tener un martillo que la golpeara entre los ojos y aquello no había hecho más que comenzar.

Todavía le quedaba conocer al resto de la familia.

Cuando llegaron al hotel era casi medianoche y Luiz se aseguró de que el recepcionista le diera a Karen unas pastillas y un vaso de agua.

Una vez a solas en su habitación, Karen se duchó y se miró al espejo mientras se secaba. Tenía los pechos turgentes, la cintura estrecha y las caderas levemente redondeadas. Sabía que su cuerpo era un imán para los hombres y su rostro también les gustaba.

Había tenido varios romances cortos, pero había perdido la esperanza de conocer a un hombre que inspirara el mismo deseo sexual en ella que ella despertaba en ellos.

Hasta que había llegado a Río de Janeiro y había conocido Luiz Andrade. Le bastó pensar en él para sentir un escalofrío por la espalda. Tal vez, el error que había cometido entonces había sido confundir el deseo con el amor.

Seguramente se había terminado dando cuenta del error.

Aun así, no se imaginaba a sí misma engañando a su marido y menos con un hombre como Lucio Fernandas. ¿Estaría tan desesperada que fue capaz de mantener aquella relación para que la ayudara a escapar del rancho?

La única opción que tenía para saber la verdad era volver a Guavada.

Se quedó dormida por fin, completamente agotada, y a la mañana siguiente la despertó el teléfono.

–¿Qué tal estás? –le preguntó Luiz.

–Mejor –contestó Karen refiriéndose al dolor de cabeza, pero no al desasosiego interno–. ¿Qué hora es?

–Más de las diez. Ya no sirven desayunos, pero les puedo decir que te lo suban a la habitación.

–Dame diez minutos –contestó Karen.

–¿Qué quieres tomar?

–Fruta y café, gracias.

Cuando colgó el teléfono, se preguntó cómo era capaz de hablar con él de manera tan calmada y tranquila cuando por dentro estaba histérica con sólo oír su voz.

Luiz le había contado que habían hecho el amor la noche anterior a que ella se fuera. Si eso era cierto, lo que había ido mal entre ellos no había afectado a su respuesta física hacia él.

Cuando el camarero llamó a la puerta y entró con un carrito que contenía muchas más cosas de las que ella había pedido, Luiz lo siguió y le dio una generosa propina.

–Sólo he pedido fruta y café –dijo Karen con el

corazón acelerado al verlo de nuevo–. ¡No voy a poder con todo esto!

Por cómo la miraba, su instintivo movimiento para apretar el nudo del albornoz, no había pasado desapercibido a los ojos de Luiz, pero no hizo ningún comentario.

–Da igual, es por si cambias de opinión. Me voy a tomar un café contigo.

Karen sirvió dos tazas y le pasó una a Luiz, que se sentó a la mesa.

–He reservado dos billetes en el vuelo de la una y media a Sao Paulo –anunció sin preámbulo–. Tenías razón en lo que dijiste anoche. Intentar recrear nuestros comienzos es una pérdida de tiempo y de energía. Lo que tenemos que hacer es volver al rancho y esperar que te acabes curando.

–¿Y qué le decimos a tu hermana? –preguntó Karen tomándose su café.

–He hablado con ella esta misma mañana y le he contado que tienes amnesia. Me ha dicho que te dé un beso de su parte y que espera que te recuperes pronto.

–¿Y los demás?

–Le he dicho a Regina que se lo cuente. Si te preocupa que Beatriz pueda decir algo, puedes quedarte tranquila. No va a decir nada –contestó Luiz muy serio.

–¿Ni siquiera a tu hermano?

Luiz dudó.

–Quizás eso sea pedir demasiado porque no debe haber secretos entre una pareja.

Karen se sirvió un plátano y unas rodajas de melón en un plato.

–Como director del rancho, supongo que tendrás mucha autoridad –murmuró.

–No dirijo el rancho –le aclaró Luiz–. El rancho es mío.

–¿Cómo? –exclamó Karen mirándolo sorprendida.

–¿Por qué te sorprendes? –preguntó él divertido–. ¿Es que acaso no parezco un hombre rico?

–Sí... lo cierto es que sí lo pareces –admitió Karen–. ¿Tu hermano también es dueño del rancho?

–No –contestó Luiz–. ¿Te vas a tomar la fruta o vas a seguir jugueteando con ella?

Karen partió un trozo de plátano y se lo metió en la boca con decisión. La verdad es que la fruta de Brasil era mucho más sabrosa que la de Inglaterra.

–¿El rancho está muy lejos del aeropuerto? –preguntó.

–Sí, un poco, pero llegaremos antes de que anochezca –contestó Luiz.

Karen estaba nerviosa. Iba a ver a gente que ya conocía, personas con las que había convivido durante tres meses y a las que no recordaba de nada.

¿Cómo iba a sobrevivir a aquello?

Capítulo 3

EL VUELO fue corto y tranquilo.

Luiz había dejado un Land Rover en el aeropuerto de Sao Paulo cuando había ido en busca de Karen, lo que hizo que ella se preguntara cómo habían llegado allí Lucio y ella.

No se atrevió a preguntar pues mencionar a Lucio Fernandas era como agitar un trapo rojo delante de un toro.

A las cuatro de la tarde ya habían dejado la ciudad atrás y atravesaban un paisaje de llanuras verdes salpicadas de árboles. Tal y como Luiz le había dicho, el clima allí era mucho más suave que en Río.

Karen no reconocía nada, pero eso no la sorprendió. Cuanto más se acercaban a la casa, peor se sentía. Beatriz era la única que sabía la verdad de por qué se había ido, pero Karen no creía que los demás fueran a creerse que había sido por una discusión con Luiz.

Lo cierto es que les podía parecer que la amnesia era una manera de no hacer frente a sus responsabilidades. ¿Y si se lo parecía también a Luiz?

–¿Te encuentras mal? –le preguntó su marido–. ¿Quieres que pare?

Karen negó con la cabeza y recobró la compostura.

—Sólo estoy nerviosa porque no sé cómo van a reaccionar.

Luiz sonrió.

—Mi hermana se va a tirar a tus brazos y se va a apiadar de ti porque cree que la culpa de que te hayas ido la tengo yo por ser tan dominante.

—¿Eres dominante?

—Sólo lo suficiente como para que me respetes. Procedemos de culturas diferentes y hemos tenido que hacer una serie de ajustes entre nosotros para poder entendernos, pero creo que hemos alcanzado un buen equilibrio.

—Pero yo lo he destrozado todo huyendo con otro hombre —murmuró Karen—. No entiendo cómo he podido hacerlo.

—Debemos olvidarnos de ello.

—¿Vas a ser capaz?

—No me queda más remedio.

Karen no se podía creer que hubiera hecho algo así, era como si durante aquellos meses hubiera sido otra persona.

—Háblame del rancho —le dijo para romper el silencio.

Luiz se encogió de hombros.

—¿Qué quieres que te cuente? En Guavada criamos vacas y exportamos su carne. Lo fundó mi abuelo y ha ido creciendo hasta convertirse en lo que es hoy en día.

—Y tú eres el dueño de una tercera parte, ¿no?

–No, soy el hermano mayor y el rancho es mío entero.

Karen no dijo nada.

–Te parece mal, ¿verdad?

–Me parece injusto, la verdad –contestó Karen–. En Inglaterra todos los hijos, chicos y chicas, tienen los mismos derechos a la hora de heredar.

–Esto no es Inglaterra –le espetó Luiz–. Raymundo no es tonto y sabe ganarse la vida por sí mismo y en cuanto a Regina llevará el apellido de la familia sólo hasta que se case.

–¿Y eso es inminente?

–No, todavía tiene que encontrar a un hombre que le interese durante más de unas cuantas semanas.

–Sólo tiene dieciocho años, así que tiene mucho tiempo.

–Sí, yo he esperado mucho tiempo hasta encontrar a la persona adecuada –comentó Luiz con ironía.

–Todos cometemos errores.

–Sobre todo cuando tenemos la razón nublada por una cara y un cuerpo maravillosos.

–Dudo mucho que dejaras que la libido se apoderara de tu cerebro hasta ese extremo –se defendió Karen–. Tampoco lo creo de mí.

Luiz no contestó y Karen echó la cabeza hacia atrás y cerró los ojos para no perder el control.

Al cabo de veinte minutos llegaron al rancho. Karen se esperaba algo parecido a una explotación del Oeste americano, pero quedó increíblemente impresionada al ver una preciosa casa blanca de estilo colonial entre unos árboles.

La chica que salió a recibirlos en cuanto el coche se paró era exactamente igual que Luiz. Llevaba el pelo por la cintura e iba vestida de manera casual con unos pantalones cortos.

Tal y como Luiz había previsto, ni siquiera mencionó la amnesia sino que bajó las escaleras con una gran sonrisa y se abrazó a Karen.

—¡Cuánto me alegro de que hayas vuelto! —exclamó—. ¡Qué horror lo que te ha pasado en la cara! ¡Te debe de doler mucho!

—Ya se me ha pasado —le aseguró Karen—. Las cicatrices no tardarán en desaparecer —sonrió—. A ver si tardo igual de poco en recuperar la memoria.

—¡Ya verás como sí! —contestó su cuñada para darle ánimos.

—Creo que deberíamos tomar algo fresco —intervino Luiz—. ¿Qué te apetece? —le preguntó a Karen.

—¿Hay té? —contestó ella.

—Por supuesto —sonrió Luiz—. Nos dijiste que tanto café era malo para la salud, así que siempre hay té en casa.

Karen se encontró más animada de repente.

—¡Menuda metedura de pata por mi parte decir eso en uno de los principales países productores de café del mundo!

—A mí también me gusta el té —dijo Regina—. Voy a decir que nos lo preparen —añadió tendiéndole una mano—. Vamos.

Karen la acompañó al interior de la casa. En el vestíbulo había una escalera de forja que llevaba a la planta superior. Había flores por todas partes.

La mujer que estaba bajando por las escaleras debía de tener veintitantos años y tenía el pelo rubio oscuro y su mirada no era alegre, de bienvenida, sino fría y distante.

Habló en portugués, pero Luiz la reprendió.

—Tenemos que hablar todos en inglés cuando Karen esté delante, tal y como hicimos cuando llegó por primera vez.

—¿Eso quiere decir que aprendí a hablar portugués? —preguntó Karen.

—No se te daba mal —confirmó Luiz.

Lo cierto es que nunca se le habían dado bien los idiomas en el colegio, pero seguramente al vivir en Brasil había aprendido el portugués con naturalidad.

—¿Esperas que nos creamos lo de la amnesia? —preguntó aquella mujer que sólo podía ser Beatriz.

—Lo que tú quieras creer es tu problema —le contestó Luiz enfadado antes de que a Karen le diera tiempo de dar una contestación—, pero lo que digas en mi casa es asunto mío. ¿Dónde está Raymundo?

—Ha tenido que salir —contestó Beatriz también enfadada ante su advertencia.

—Bien, entonces lo veré más tarde. Regina, dile a la doncella que nos suba el té.

Acto seguido, Luiz tomó a Karen del brazo y la guió escaleras arriba. Aquello provocó en ella alivio, por una parte, pero también cierta incomodidad al darse cuenta de que querría que la tocara más a menudo.

Luiz la llevó a una habitación situada al fondo de una galería. Se trataba de una estancia grande y amplia, de muebles oscuros, paredes blancas y telas de alegres colores.

Karen no pudo evitar fijarse en la enorme cama. Allí habrían podido dormir cuatro personas con facilidad, pero era la cama que ella había compartido con el hombre que tenía a su lado, la cama donde habían hecho el amor.

El pensamiento hizo que se estremeciera.

–Tu baño está aquí –le explicó Luiz señalando una puerta que había en la pared de enfrente–. La otra puerta da acceso a mi habitación –añadió sonriendo al ver su expresión de sorpresa–. Es una tradición de mi país... que ya casi nunca se utiliza.

Lo tenía muy cerca y Karen sintió el imperioso y repentino deseo de pasarle los brazos por el cuello y besarlo para intentar recuperar lo que había perdido. No lo hizo por miedo a que la rechazara.

Luiz le había dicho que iba a tardar un tiempo en olvidar las imágenes de ella en brazos de otro hombre y no podía culparlo por ello.

Un joven ataviado con pantalón oscuro y camisa blanca dejó su equipaje en la habitación y la miró con curiosidad. Karen se dijo que todo el mundo debía de estar especulando sobre el regreso de la esposa pródiga.

Luiz estaba junto a la ventana, con las manos metidas en los bolsillos y mirando al exterior.

–Tenemos que hacer lo que sea para ir hacia delante y no hacia atrás –dijo.

–Sí –contestó Karen–, pero no va a ser fácil.

Luiz se giró hacia ella.

–¿Te da miedo retomar nuestra relación?

–Me da miedo no recuperar la memoria nunca.

–Los médicos nos han asegurado que la vas a recuperar –intentó animarla Luiz.

Karen lo miró sin demasiado convencimiento y se dijo que, tal vez, retomando su relación, tal y como acababa de decir él, la recuperara. Era obvio que Luiz la seguía deseando.

La llegada de una doncella con dos servicios de té hizo que no ocurriera nada.

–Te dejo a solas para que te pongas cómoda con tranquilidad –dijo Luiz–. Cenamos a las nueve, así que te sugiero que descanses hasta entonces porque pareces agotada.

Lo cierto era que Karen se sentía agotada tanto emocional como físicamente. Cuando Luiz se fue, también se sintió sola. Había sido la señora de aquella casa durante tres meses y ahora que había vuelto tendría que volver a ejercer ese papel.

La sola idea le parecía imposible.

Aunque tenía mucho cansancio acumulado, no pudo dormir. Se tomó el té e inspeccionó el baño. Los productos de belleza que había en él eran los mismos que había en su maleta.

Al mirarse en el espejo, comprobó que las heridas se le estaban curando ya. Seguramente, en una semana no quedaría ni rastro del accidente.

Una vez en su habitación de nuevo, intentó abrir la puerta que comunicaba con el dormitorio de Luiz, pero estaba cerrada con llave. Obviamente, Luiz no estaba allí, pero sí dormiría allí aquella misma noche.

¿Durante cuántas noches más? Muchas cosas se habían perdido entre ellos, pero la atracción física seguía existiendo y era lo único a lo que Karen se podía agarrar en aquellos momentos.

Entró en el vestidor y miró a su alrededor por si reconocía algo, pero no hubo suerte. Por fin, encontró en un cajón objetos que sí identificó: los cepillos con funda de plata que sus padres le habían regalado al cumplir los dieciocho años, dos bailarinas y la cajita de plata en la que tenía sus pañuelos.

Aquello le hizo sentirse un poco más en casa.

Al final, como todavía quedaban tres horas para la cena, se quedó dormida. Cuando abrió los ojos, la habitación estaba iluminada por una lámpara y habían cerrado las persianas. No se había quitado la ropa para meterse en la cama, pero alguien la había tapado con una mantita.

Se preguntó si habría sido Luiz.

Vio en el reloj de la mesilla que era más de las ocho, así que se incorporó rápidamente y se duchó. Se puso una falda de colores y una camiseta blanca de cuello barco. Al mirarse en el espejo, comprobó que tenía buen aspecto.

Tomó aire varias veces antes de dejar la habitación. Había un hombre en el vestíbulo que miró hacia arriba cuando ella salió a la galería. La expresión de su rostro desapareció antes de que a Karen le diera tiempo de analizarla.

Se parecía tanto a Luiz que solamente podía ser su hermano.

—Tú debes de ser Raymundo.

El hombre se quedó mirándola en silencio unos segundos.

—Así que es verdad —comentó lentamente—. No te acuerdas de mí.

—Ni de ti ni de nadie —le confirmó Karen—. Lo siento.

—Más lo siento yo por ti —contestó Raymundo sinceramente—. ¿Bajas?

Karen se alegró de que aquel hombre no la censurara, pues ella había temido que su mujer le hubiera contado lo de Lucio Fernandas, y bajó la escalera para reunirse con él.

Raymundo le habló en portugués, pero rápidamente se dio cuenta de su error y pasó al inglés.

—Me alegro de que hayas vuelto —le dijo—. No tardarás mucho en volver a hablar nuestro idioma.

—Haré todo lo que pueda —sonrió Karen.

—Estupendo —contestó Raymundo ofreciéndole el brazo—. ¿Me permites que te guíe?

—Gracias —contestó Karen dándose cuenta de que no tenía ni idea de dónde estaba el comedor.

Cuando llegaron a él, los demás ya los estaban esperando.

—Éste es el comedor de diario —le explicó Raymundo—. El comedor de invitados se utiliza menos —añadió mientras Luiz se ponía en pie y le colo-

caba la silla a su mujer–. Karen se había perdido
–explicó.

Luiz asintió y Karen se sentó sintiéndose muy
cómoda, pero notando la mirada enemiga de Beatriz desde el otro lado de la mesa.

–Pareces mucho más descansada que cuando
has llegado –comentó Regina con cariño–. Dormir
un poco te ha sentado bien.

–Estabas profundamente dormida –comentó
Luiz–. Ni siquiera te has movido cuando he cerrado las persianas.

–Ha sido un día muy largo –contestó Karen.

Y todavía no había terminado. Enfrentarse a Beatriz iba a ser espantoso y Karen estaba segura de
que su cuñada no se lo iba a poner precisamente
fácil.

Karen se dio cuenta de que tenía hambre y se
tomó encantada el delicioso guiso de marisco que
les sirvieron. No tomó café, pero sí vino.

Por una parte, quería retirarse a su habitación
para estar sola, pero por otra no le apetecía nada
dormir sin Luiz.

Su marido no había hablado mucho durante la
cena.

Su marido...

Julie debía de haber pensado que estaba completamente loca por casarse con un hombre al que
no conocía de nada. Si la situación hubiera sido al
revés, ella lo habría pensado de su amiga.

Se dijo que tenía que llamarla cuanto antes para
empezar a atar cabos.

–¿Te duele la cabeza? –le preguntó Luiz viendo que se masajeaba la sien.

–Un poco –admitió Karen.

–Deberías irte a dormir –le aconsejó su marido levantándose para quitarle la silla–. Dormir es muy bueno.

«Para el cuerpo, sí, pero para la mente da igual», pensó Karen.

–Me voy a acostar, sí –dijo poniéndose en pie y despidiéndose de su familia evitando mirar a Beatriz.

–Mañana podríamos ir a La Santa –propuso Regina.

–La ciudad por la que hemos pasado –le explicó Luiz.

–Es día de mercado y a ti te encanta ir al mercado –añadió Regina.

Era cierto que siempre le habían gustado ese tipo de actividades.

–Estupendo –sonrió Karen.

Se sorprendió de que Luiz la acompañara a su habitación.

–No hace falta que me acompañes –le dijo una vez en el vestíbulo–. Estoy bien.

–A mí no me lo parece –contestó él–. Yo también me voy a ir a la cama, así que no tienes nada que temer.

–No te temo –contestó Karen–. Es que... –añadió levantando las manos–. ¡Es muy difícil no saber qué decir!

–Entonces, no digas nada –le aconsejó Luiz–.

Sólo el tiempo dirá si nuestro matrimonio puede volver a funcionar, pero en cualquier caso es para toda la vida.

Karen no contestó pues no había nada que decir ante aquello.

Capítulo 4

KAREN se despertó a las siete y media y bajó a desayunar a las ocho. Luiz y Raymundo ya habían desayunado y se habían ido y nadie parecía saber a qué hora iban a volver.

Desayunó en el porche con Beatriz y con Regina, que se esforzó sobremanera para aligerar el ambiente.

Hacía calor a pesar de que era pronto y Karen pensó en lo diferente que era aquello de su país.

Debía de haber llegado a finales de octubre, recién casada y viéndolo todo de color de rosa. ¿Cuánto tiempo habría tardado en empezar a echar de menos su tierra?

—Ayer me dijiste que me ibas a llevar a La Santa —le dijo a Regina para no seguir dándole vueltas a la cabeza—. ¿Sigue en pie la propuesta?

—Por supuesto —contestó su cuñada—. ¿Te das cuenta de que todo el mundo sabe lo de tu amnesia? —añadió dubitativa.

—Supongo que sí —contestó Karen intentando no darle demasiada importancia—. Lo bueno que tiene que todo el mundo lo sepa es que, si no reconozco a alguien, no se enfadará.

Beatriz dijo algo en mal tono, dejó la servilleta sobre la mesa y se fue. Karen miró a Regina y se encogió de hombros.

–No le hagas caso, siempre te ha tenido envidia porque te casaste con Luiz y a ella le hubiera gustado hacerlo, pero mi hermano no quiso. Raymundo también es mi hermano y lo quiero mucho, pero para Beatriz sólo es el segundón.

–Es muy fuerte decir eso –contestó Karen sorprendida.

–Lo digo porque sé que es cierto –le aseguró Regina–. Beatriz no quiere a Raymundo. ¡Pero si incluso se niega a darle un hijo!

–¿Cómo sabes tú eso?

–Porque llevan tres años casados y no se ha quedado embarazada nunca y mi hermano se muere por tener hijos.

Aquellas palabras hicieron que Karen pensara que, tal vez, Luiz también quisiera tener descendencia. Ella tampoco se había quedado embarazada. ¿De quién habría sido la culpa?

–A veces, una pareja tarda mucho tiempo en tener hijos. Tres años tampoco es tanto.

–Para mi familia sí lo es –protestó Regina–. Tú sólo llevabas un mes casada con Luiz cuando te quedaste embarazada.

Karen la miró con los ojos muy abiertos y Regina se tapó la boca con la mano.

–¿Luiz no te lo había dicho?

–No –contestó Karen muy nerviosa–. ¿Qué pasó?

–Tuviste un aborto –contestó su cuñada azorada–. ¡Lo siento mucho! ¡Creí que…!

Karen se quería morir. ¡Un hijo! ¡Había estado embarazada y no se acordaba!

–Supongo que tu hermano no me lo ha dicho porque habrá pensado que ya tenía bastante en estos momentos con lo que tengo –contestó–. ¿De cuánto estaba cuando lo perdí?

–De casi dos meses –contestó Regina preocupada–. ¡Luiz me va a matar cuando se entere de que te lo he contado! ¿Cómo he podido tener tan poco tacto?

–No te preocupes, me habría enterado tarde o temprano –la tranquilizó Karen tomando aire–. ¿Sabes a qué se debió el aborto?

–Los médicos dijeron que no era ningún problema físico, así que podrás tener todos los hijos que quieras –sonrió Regina dándose cuenta al instante de que había vuelto a meter la pata–. Hablo sin pensar, perdóname.

–No hay nada que perdonar –sonrió Karen a pesar de la sorpresa–. ¿Me culpó Luiz por la pérdida del niño?

–¿Culparte? ¡Claro que no! Estaba muy preocupado por ti porque te adora. Debes creerme, Karen, mi hermano te quiere mucho.

–Me ha dicho que teníamos nuestros más y nuestros menos.

–Sí, bueno, es que Luiz puede resultar muy marimandón a veces, pero nunca tuvisteis ningún problema serio hasta que…

—Hasta que me fui.

—Sí. La verdad es que nos quedamos todos muy sorprendidos, sobre todo Luiz. Estaba destrozado. Menos mal que volvió a casa más pronto de lo normal aquel día y sólo hacía un par de horas que tú te habías ido.

—¿Cómo supo dónde iba?

—Te habías llevado el pasaporte, así que supuso que querías volver Inglaterra, pero se dio cuenta de que, si hubiera sido así, podrías haberte ido directamente desde Sao Paulo. Yo creo que te fuiste a Río porque mi hermano te hizo algo que te disgustó y querías darle una lección.

Por supuesto, Karen no mencionó nada de Lucio Fernandas. Se le hacía imposible aceptar que hubiera tenido una aventura con otro hombre porque sus padres no la habían educado para ser infiel.

Había leído en algún lugar que perder un hijo podía trastocar profundamente el carácter de una mujer. ¿Sería eso lo que le había ocurrido a ella?

—Ayer trajeron del aeropuerto el coche que te llevaste —continuó Regina.

—¿Tengo carné de conducir?

—Por supuesto —contestó su cuñada—. De hecho, si quieres, puedes conducir tú para ir a La Santa.

—No creo que me acuerde ni de dónde están las marchas.

—Tu coche es automático, pero entiendo que quieras esperar un poco —dijo Regina mirando el reloj—. Deberíamos irnos ya.

Karen subió a su habitación y se puso unos pantalones de algodón y una camisa blanca como la que llevaba Regina. El dinero que había encontrado en su cartera seguía allí. No sabía cuánto era, pero seguro que suficiente para comprar lo que quisiera.

La ciudad era pequeña, pero tenía muchas tiendas, restaurantes, lugares de ocio y una iglesia barroca. Montaban el mercado en una plaza, a la sombra de los árboles, y en él se compraba y se vendía de todo.

Mientras caminaba al lado de su cuñada, Karen se dio cuenta de que mucha gente la miraba de reojo y murmuraba. Intentó ignorarlos, pero era difícil, así que decidió que debía encarar su condición con entereza.

La ocasión perfécta se produjo cuando Regina le presentó a Dona Ferrez, esposa de Marques, y amiga de la familia.

—Siento mucho estar así —se disculpó Karen.

—No es culpa tuya —contestó Dona—. Sentimos mucho lo del accidente. Supongo que tener amnesia se te estará haciendo muy difícil.

—Desde luego no es fácil —contestó Karen—. ¡Me siento como un pez fuera del agua!

—Creo que lo mejor sería que te volvieras a encontrar con todos los amigos a la vez —sugirió la otra mujer—. Voy a organizar una barbacoa en casa este domingo.

Karen sintió pánico, pero asintió.

—Gracias —contestó.

—No es una mala idea —la tranquilizó Regina

cuando se alejaron–. Nuestros amigos te aprecian mucho.

–¿Los veo a menudo?

–Sí, os gusta mucho quedar con los amigos.

Para cuando volvieron a casa, las ganas de ver a Luiz y preguntarle por qué no le había contado nada de su embarazo y posterior aborto se habían evaporado.

Sin embargo, cuando lo vio apoyado en la barandilla del porche como si nada del mundo lo preocupara, sintió ganas de gritarle.

–¿Llevas mucho tiempo esperándonos? –le preguntó Regina.

–Una hora más o menos –contestó Luiz mirando a Karen–. ¿Te lo has pasado bien en el mercado?

–No he recordado nada, si es eso lo que quieres saber –contestó Karen cortante.

–¿Por qué te pones así? –observó Luiz–. ¿Te ha pasado algo?

–Ha sido culpa mía –intervino Regina compungida–. Creí que Karen sabía lo del bebé.

–¡Lo habría sabido si tú hubieras tenido la decencia de contármelo! –le espetó Karen–. La culpa no ha sido de Regina.

–Regina se tendría que haber dado cuenta de que no estabas preparada para saberlo –contestó Luiz mirando enfadado a su hermana–. Ya tienes bastante con lo que tienes.

–Yo soy la única que sabe lo que puedo o no puedo soportar –le espetó Karen con los labios apretados.

–¿Cómo vas a saber lo que puedes soportar antes de que te lo hayan contado? Tomé la decisión que creí más acertada en tu situación.

–¡Pues deja de hacerlo! –exclamó Karen temblorosa–. Si quiero recobrar la memoria, necesito saber todo lo que ha ocurrido en los últimos meses, así que si hay algo más que me estés escondiendo...

–No hay nada más –la interrumpió Luiz con sequedad–. En cualquier caso, si lo hubiera, éste no es el lugar para hablar de ello. Creo que sería mejor que te tomaras un tiempo para descansar antes de que siguiéramos hablando –añadió levantando la mano cuando vio que Karen hacía el amago de contestar–. ¡He dicho que basta!

Karen se rindió muy a su pesar.

Era cierto que Luiz tenía un carácter difícil, pero Karen estaba segura de que eso no había sido suficiente para que se fuera con otro hombre. ¡Tenía que haber algo más! Algo que Luiz no le había contado.

Vio movimiento en el salón y se dio cuenta de que otra persona había presenciado su discusión. Aunque no sabía quién era, tuvo la sensación de que era Beatriz.

Si lo que Regina le había contado era cierto, aquella mujer la odiaba y Karen sintió compasión por Raymundo.

–Me voy a ir a descansar a mi habitación –anunció.

–Muy bien –asintió Luiz.

–¿Bajarás a comer? –intervino Regina–. Comemos a las dos.

–Por supuesto –contestó Karen viendo que eran las doce.

Al llegar a su habitación, tomó aire varias veces para intentar calmarse. Estaba exhausta, pero era más emocional que físico.

Se tumbó en la cama e intentó descansar, pero el sueño no llegó. Se tocó la tripa y pensó en el bebé que había llevado en sus entrañas durante casi dos meses. ¿Habría sido niña o niño? ¿El aborto habría sido en casa o en el hospital?

Las preguntas se arremolinaban en su cabeza y necesitaba respuestas.

Cuando llamaron a la puerta con delicadeza, Karen pensó que era Regina, pero era Luiz.

–He venido a pedirte perdón –le dijo–. Debería haberle dicho a Regina que no te dijera nada hasta que te hubieras repuesto. Ha sido culpa mía, no suya. Espero que haberte enterado de esta manera tan precipitada de algo tan importante no te haya hecho demasiado daño.

Karen se apoyó en el codo y lo miró. De pronto, se dio cuenta de que ella no había sido la única que había sufrido con la pérdida del bebé. Entonces comprendió que Luiz había perdido a dos personas. Primero, a su hijo y, luego, a su mujer.

–Supongo que para ti tampoco sería fácil –murmuró.

–No, no lo fue... sin embargo, los médicos dijeron que podrías tener más hijos y eso fue todo un consuelo.

–¿Intentamos tener otro? –aventuró Karen.

–No, pensamos que sería mejor darnos un tiempo para nosotros mismos. Si hubiera sabido... –se interrumpió con las mandíbulas apretadas.

–Si crees que tuve una aventura con Lucio Fernandas, me parece raro que Beatriz fuera la única persona que lo sospechara –dijo Karen con dificultad.

–Teníais mucho cuidado cuando os veíais. De hecho, Beatriz empezó a sospechar sólo dos días antes de que tú te fueras.

–¿Y no te dijo nada?

–Si lo hubiera hecho, yo habría creído que sólo estaba intentando meter cizaña entre nosotros –contestó Luiz encogiéndose de hombros–. Nunca aprobó nuestro matrimonio.

Teniendo en cuenta lo que Regina le había contado antes, Karen ya estaba preparada para algo así. Lo que no entendía era cómo Lucio y ella habían conseguido mantener su relación tan en secreto.

Si no fuera porque Luiz había verificado la lista de pasajeros de aquel avión, Karen hubiera sospechado que Beatriz había urdido aquel plan para desacreditarla delante de su marido.

–Lo siento –se disculpó–. Ya sé que lo digo una y otra vez, pero es lo único que puedo decir. Me siento fatal por lo que te he hecho. Ojalá pudiera arreglar las cosas.

Luiz la miró con deseo, se sentó en el borde de la cama y la abrazó. Karen correspondió a su primer beso con dudas, sin saber exactamente si era eso lo que más le apetecía en aquellos momentos.

Pronto tuvo claro que sí. Le pasó los brazos por el cuello y le acarició el pelo. Tenía los pechos apretados contra su torso y sentía los pezones vibrantes de vida y una inequívoca humedad en la entrepierna.

Su cabeza no recordaba, pero era obvio que su cuerpo sí.

Sin dejar de besarla, Luiz le desabrochó la blusa e introdujo una mano para acariciarle los pechos. Karen ahogó un gritó de deseo al sentir sus dedos sobre los pezones, arrancando sensaciones cercanas al dolor pero infinitamente placenteras.

Se quedó anonadada cuando Luiz se apartó de ella y se puso en pie de repente.

–Después de comer, te enseñaré el rancho –anunció sin mirarla–. Ahora, tengo otros asuntos de los que ocuparme.

Karen se quedó sentada en la cama cuando la puerta se hubo cerrado tras él y se abrochó la blusa con dedos temblorosos.

Le habría encantado que le hubiera hecho el amor, pero era obvio que el fantasma de Lucio Fernandas seguía planeando sobre ellos.

Quizás, algún día, Luiz fuera capaz de olvidarse de aquel hombre. Si querían que su matrimonio saliera adelante, iba a tener que ser así.

Los dos iban a tener que hacer un gran esfuerzo.

A la hora de comer, Beatriz no apareció. Raymundo les dijo que había ido a ver a una amiga. Lo cierto fue que Karen agradeció su ausencia.

Había preguntas cuyas respuestas sólo conocía su cuñada, pero le daba miedo hacérselas por temor a lo que pudiera oír.

La comida transcurrió en un ambiente distendido y, cuando terminaron, Luiz la llevó en coche a recorrer el rancho, tal y como había prometido.

Cuando llegaron a las cuadras, Luiz estuvo un rato hablando con uno de sus capataces mientras Karen tuvo que soportar las miradas de curiosidad de otros cuantos empleados.

—Estoy empezando a sentirme como un monstruo de feria —comentó mientras volvían a casa—. Esta mañana en la ciudad me ha pasado lo mismo. ¡Todo el mundo me mira y se pone a cuchichear!

—Pronto lo olvidarán —contestó Luiz sonriendo al darse cuenta de lo que acababa de decir—. Dadas las circunstancias, no ha sido un comentario muy afortunado por mi parte.

—No, pero espero que tengas razón —sonrió Karen—. Por cierto, esta mañana tu hermana me ha presentado a Dona Ferrez y se ha ofrecido a organizar una barbacoa el domingo para que me reuniera con todos nuestros amigos a la vez.

—Un bonito detalle por su parte —contestó Luiz—. ¿Qué te parece?

—Me parece bien, pero estoy nerviosa —admitió Karen—. Por lo menos, ninguno va a saber...

—Lo que hacías en Río —concluyó Luiz—. Algún día alguien lo preguntará.

—Podemos decir que me había ido de compras —sugirió Karen.

–No hay nada que puedas comprar en Río que no puedas conseguir en Sao Paulo –contestó Luiz torciendo el gesto.

A llegar a casa, Karen se fue su habitación a descansar pues le dolía un poco la cabeza. Le gustaba estar sola de vez en cuando para intentar comprender lo que estaba sucediendo en su vida.

Estaba admirando la puesta de sol por la ventana cuando llamaron a la puerta. Esperaba que fuera Luiz y la sorprendió sobremanera que fuera Beatriz.

Su cuñada entró en su habitación, cerró la puerta, se apoyó en ella y se quedó mirándola.

–¿Qué esperas obtener de toda esta farsa? –le espetó.

–No es ninguna farsa –se defendió Karen–. No recuerdo nada. ¿Por qué dudas de mí?

–Porque sé que eres una mala persona –contestó Beatriz–. Si esperas...

Se interrumpió y se mordió el labio inferior, como si hubiera estado a punto de decir algo que no debiera.

–¡Luiz hizo el idiota casándose contigo! –concluyó.

–Posiblemente, los dos lo hicimos... –contestó Karen–. Luiz me ha dicho que sospechabas que me veía con... Lucio Fernandas.

–Sí –contestó Beatriz al cabo de unos segundos en silencio.

–¿Y por qué no se lo dijiste?

–Porque no tenía pruebas y me daba miedo su

reacción. Cuando te fuiste, sin embargo, no tuve más remedio que decírselo –contestó–. ¡No debería haber ido detrás de ti! ¡Nunca te mereciste llevar el apellido Andrade! –exclamó furiosa.

–Eso parece –concedió Karen–. Por desgracia, Luiz no cree en el divorcio.

–Pero tampoco puede obligarte a que te quedes aquí en contra de tu voluntad.

Karen miró a su cuñada con las cejas enarcadas.

–¿Me estás diciendo que me vaya?

–Es la única salida honorable que tienes –contestó Beatriz–. ¿Cómo va Luiz a sentir nada por ti que no sea desprecio después de lo que has hecho? ¿A qué vida lo estás condenando si te quedas?

–¿Qué vida me esperaría a mí si me fuera? –contestó Karen intentando mantener la calma–. No tengo casa ni trabajo. Ni siquiera sé si tengo dinero suficiente para empezar de cero.

–En eso podría ayudarte yo.

Aquella propuesta parecía completamente premeditada. Karen se puso en pie y fue hacia su cuñada.

–¿Por qué? Divorciado o no, Luiz jamás buscaría consuelo en ti –le espetó–. Ya has dicho suficiente. Vete. Por si no te ha quedado claro, no tengo intención de abandonar esta casa.

Beatriz la miró con un odio tal que le desfiguró la cara durante unos segundos. A continuación, se giró y salió de la habitación de Karen dando un portazo.

Karen se volvió a sentar, exhausta por el enfado

y se dijo que al día siguiente, sábado, iba a llamar a Julie.

Tenía que preguntarle a su amiga qué le había contado. Sólo si lo oía de sus labios, comenzaría a creer que había tenido de verdad una aventura con otro hombre.

Capítulo 5

KAREN le preguntó a Luiz cuántas horas de diferencia había con Inglaterra y su marido le contestó que tres, así que Karen calculó que podría llamar a Julie a las once de la mañana y la pillaría desayunando.

Entretanto, tenía que aguantar otra noche.

Después de cenar, Luiz no hizo intención de acompañarla a su habitación. Parecía distante. No hacía falta preguntarle por qué. Todavía le costaba asimilar la traición de su esposa.

Tal vez, no lo superara nunca. La única esperanza de Karen era demostrarle que aquella traición nunca había tenido lugar, era la única manera de recuperar lo que había perdido.

¿Cómo lo iba a hacer si lo único que tenía era su instinto?

Cuando Luiz se acostó una hora después, Karen lo oyó moverse en su habitación. Había descubierto que la puerta que unía ambas estancias estaba ahora abierta y sospechaba que había sido obra de Regina porque su cuñada haría cualquier cosa por volverlos a ver juntos.

Karen se moría por pasar a su habitación, pero

el miedo al rechazo se lo impidió. Tenía que ser Luiz el que diera el primer paso.

Amaneció lloviendo, pero despejó al cabo de una hora. Karen decidió disfrutar del frescor de la mañana sentada en el porche hasta que se hiciera la hora de llamar a Julie.

Al cabo de un rato, apareció Raymundo y se sentó a su lado.

—No deberías estar sola en tu estado —comentó.

—¿Qué estado? —contestó Karen mirándolo sorprendida.

—Me refiero a tu amnesia. Debe de ser difícil.

—Es difícil para todos —sonrió Karen—. Excepto para Regina, que hace como si no existiera.

—Mi hermana siempre te ha adorado, como todos los demás.

—¿Todos? —dijo Karen con sarcasmo.

Raymundo se encogió de hombros.

—Por desgracia, mi esposa se deja llevar por los celos. Hasta que tú llegaste, era la...

—¿La abeja reina? —sugirió Karen.

Raymundo sonrió.

—Sí, la reina de la casa —aceptó—. Cederte ese papel fue muy duro para ella.

—Debería haber sabido que Luiz se casaría algún día —protestó Karen preguntándose si Raymundo no sabría que su mujer estaba enamorada de su hermano.

—Sí, contaba con ello, pero debía de esperar que Luiz se casara con una mujer que permitiera que las cosas siguieran como estaban.

–Y, obviamente, no fue ése mi caso.

–No –sonrió Raymundo–. No creo que a mi hermano le hubiera hecho feliz que tú fueras así. Además de tu belleza, lo encandiló tu carácter. A Luiz lo enamoró... –Raymundo se interrumpió y sacudió la cabeza–. Hablo en pasado, como si ya no te quisiera, y yo estoy seguro de que te sigue queriendo.

–Por tus palabras, entiendo que Beatriz no te había dicho nada de sus sospechas a ti tampoco –comentó Karen.

–No –contestó Raymundo incómodo–. No se lo dijo a nadie hasta que Luiz nos dijo que te habías ido. Se enfadó con ella por no habérselo dicho, pero sólo era una sospecha.

–Lo que me parece raro es que nadie más sospechara.

–Ya sabes lo que dicen del sexto sentido de las mujeres –contestó Raymundo con cierta reserva.

Karen decidió dejar de hablar de aquel tema porque, cuanto más oía, más se convencía de que su cuñada lo había inventado todo. No iba a ser fácil demostrarlo, pero aquello le daba una esperanza.

Necesitaba hablar con Julie cuanto antes y, a pesar de que sólo eran las diez y media, no pudo esperar más.

–Tengo que hacer una llamada –anunció poniéndose en pie–. ¿Puedo llamar directamente a Inglaterra desde aquí?

–Por supuesto, siempre y cuando sepas el prefijo –contestó Raymundo.

Karen volvió al interior de la casa, subió a su habitación y se sentó junto a la mesilla. Por lo que recordaba, había hablado con su amiga el día anterior a encontrarse en el hospital.

Le costó un poco poner la conferencia, pero por fin oyó la voz de Julie al otro lado.

—¿Es que una no puede descansar ni el sábado por la mañana? ¡No son ni siquiera las ocho!

—Julie, soy yo —contestó Karen—. Perdona por haberte despertado.

—No pasa nada —dijo su amiga despertándose por completo—. ¿Qué tal estás? ¡Hace años que no sabía nada de ti! Ha sido culpa mía, lo admito. Me he cambiado de trabajo y no he tenido tiempo de devolverte la última llamada. ¿Qué tal estás? ¿Sigues enamorada de ese guapísimo brasileño?

—Por supuesto —contestó Karen dándose cuenta de que obviamente no le había hablado de su aventura a su amiga—. Me apetecía hablar contigo, pero perdona por haberte despertado.

—Te perdono —contestó Julie tan vivaz como siempre—. ¿Qué tal todo por allí? ¡Aquí hace un tiempo de perros!

—No, por aquí el tiempo es maravilloso —contestó Karen—. ¿Y qué tal tu nuevo trabajo?

—Fenomenal. Además, he conocido a un hombre maravilloso. No tan impresionante como tu querido Luiz, seguro, pero es que no todas tenemos la misma suerte que tú en el amor. Lo cierto es que, cuando me dijiste que te ibas a casar con él y que no ibas a volver a Inglaterra, pensé que estabas loca. Claro que también me pareció una locura que te gastaras lo que habías ganado en un viaje a Río de Janeiro. Me alegro de que todo haya salido bien.

Julie hizo una pausa, esperando a que su amiga le contara algo, pero no fue así.

–Va todo bien, ¿verdad? –preguntó preocupada.

–Por supuesto –le aseguró Karen–. ¡Todo va fenomenal! –mintió decidiendo que preocupar a su amiga contándole que había sufrido amnesia no iba a servir de nada–. Me alegro mucho de que hayas encontrado a un hombre y espero que te salga todo bien con él.

Estuvieron charlando un rato más y colgaron tras haberse prometido mantener el contacto más a menudo.

Cuando colgó el teléfono, Karen se dijo que debía concentrarse en intentar rehacer la relación que había destruido huyendo.

Según le había dicho Raymundo, Luiz la seguía queriendo. ¿Cómo lo sabría su hermano? Luiz no parecía un hombre dado a las confidencias.

Sin pruebas, no iba a poder convencerlos de que jamás había tenido una aventura. Lo cierto era que no podía convencerse ni siquiera a sí misma.

Eso quería decir que la única opción era olvidarse del dolor, tragarse el orgullo y arriesgarse a que la rechazara, pero estaba decidida a que su matrimonio volviera a ser feliz.

Pasó el resto del día perdida en una nebulosa de anticipación y aprensión. Luiz le hacía sentir un deseo tan fuerte que traspasaba la barrera de la amnesia.

Se moría por hacer el amor con él, se moría por recordar qué sentía estando desnuda entre sus brazos, sintiendo sus manos explorando su cuerpo y sus labios besándola.

No tenía ni idea de cuánto lo había amado, pero estaba segura de que no se había casado con él única y exclusivamente por una cuestión sexual.

Por otra parte, si era cierto que había tenido una aventura, tenía que averiguar por qué. Llegados a aquel punto, se dijo que no había sacado ninguna conclusión y que lo que tenía que hacer era olvidarse de todo y empezar de cero.

Beatriz y Raymundo habían salido a cenar y Karen se sentía mucho más tranquila, excepto cuando pensaba en lo que iba a hacer después de la cena.

Estaba tan inmersa en sus pensamientos que golpeó el vaso de agua y la derramó sobre la mesa.

—Pareces tensa —comentó Luiz mientras la doncella lo recogía—. ¿Te duele la cabeza otra vez?

—No, estoy bien —le aseguró Karen—. Es que soy un poco patosa.

—A mí me pasa constantemente —sonrió Regina—. Menos mal que sólo ha sido agua. Una vez, se me cayó una copa de vino encima de una invitada y se puso como una fiera.

—No me extraña —intervino su hermano—. Le dejaste la ropa hecha un asco.

—Sí, pero eso fue porque ella quiso. Le dije que

había leído que lo mejor para quitar las manchas de vino tinto era darle vino blanco encima, pero ella no quiso intentarlo.

Aquello hizo reír a Karen.

–¿A qué hora es la barbacoa de mañana? –preguntó.

–A partir de las doce podemos ir cuando queramos –contestó Regina–. Podemos llegar a la hora que nos apetezca porque va a haber comida durante todo el día. No te preocupes porque vayas a ver a todo el mundo porque todos van a intentar ponerte las cosas fáciles.

Karen pensó que a la que más difícil le iba a resultar todo iba a ser a ella porque iba a tener que recordar un montón de nombres y de caras y rezó para que todos hablaran inglés.

Sobre las once, Karen anunció que se iba a la cama y Luiz le dio las buenas noches. Al llegar a su habitación, Karen se dio cuenta de que hacía sólo cuatro días que había abierto los ojos en la clínica.

A pesar del poco tiempo transcurrido, deseaba a Luiz con todo su cuerpo.

¿Habría huido de su lado para recuperar su libertad al darse cuenta de que sólo se había casado con él por sexo? No le parecía muy propio de ella, pero era una posibilidad.

Lo que tenía muy claro era que no había tenido una aventura con Lucio Fernandas. No sabía qué hacía aquel hombre en el mismo avión que ella, pero estaba segura de que no estaban juntos.

Estaba ya acostada cuando Luiz entró en su habitación. Karen esperó media hora para levantarse de la cama.

Aquello no iba ser fácil, pero tenía que hacer algo porque así no podían seguir. Abrió la puerta con mucho cuidado y se quedó mirando la cama de Luiz, que se giró hacia ella haciéndola soltar un grito de sorpresa.

–¿Qué pasa? ¿Te encuentras mal?

–No –contestó Karen–. He pensado que... quería... ¡no enciendas la luz, por favor! –le pidió al ver que alargaba el brazo hacia la mesilla de noche.

A la luz de la luna que entraba por la ventana, Karen se dio cuenta de que estaba desnudo por lo menos de cintura para arriba. Sintió que se le endurecían los pezones.

–¿Qué es lo que querías? –le preguntó Luiz.

–¡A ti! –contestó Karen sin poder morderse la lengua.

No hubo una reacción inmediata.

–¿Por qué? –le preguntó Luiz al cabo de unos segundos.

–¡Porque me estoy volviendo loca! –estalló Karen–. ¡Porque ya no aguanto más! ¡Tengo que hacer algo! Sé que para ti es muy duro creer que he estado con otro hombre, pero te aseguro que no ha sido así.

–¿Cómo lo sabes?

–Simplemente lo sé –contestó Karen–. Llámalo instinto o lo que quieras.

–¿Me estás diciendo que Beatriz me mintió? –preguntó Luiz mirándola con los ojos entornados.

Karen estuvo a punto de contestar afirmativamente, pero se lo pensó mejor.

–Tal vez, se confundió.

–Entonces, ¿cómo te explicas que el apellido de ese hombre figurara en la lista de pasajeros?

–No lo sé –admitió Karen–. No te lo puedo explicar porque ni siquiera sé lo que yo misma estaba haciendo allí. Tal vez, jamás lo sepamos, pero si me voy a quedar aquí...

–Eso está claro –la interrumpió Luiz.

–Bien, lo acepto. Entonces, tenemos que hacer un esfuerzo para arreglar las cosas entre nosotros. Si me rechazas ahora...

–¿Me crees capaz?

En ese momento, apartó la sábana para que Karen viera lo excitado que estaba.

–Tienes razón. Lo único que podemos hacer es olvidarnos del pasado. Ven aquí.

Karen se aproximó a la cama con el corazón latiéndole aceleradamente.

–Quítate el camisón –le dijo Luiz–. Quiero verte.

Karen deslizó los finos tirantes del camisón por sus hombros y la prenda cayó al suelo. No le daba vergüenza que la viera desnuda, sobre todo porque la mirada de Luiz se tornó apreciativa.

Luiz dijo algo en portugués y alargó la mano, que Karen aceptó gustosa.

Había deseado enormemente sentir aquellas

manos por todo su cuerpo y Luiz no dejó un solo rincón sin explorar. Karen experimentó el éxtasis bajo sus caricias y se abrió a él sin reparos.

Lo acarició también y lo besó hasta hacerlo enloquecer, hasta que se tumbó sobre ella y la penetró haciéndola arquear la espalda para recibir el orgasmo unos segundos antes que él.

—¿Siempre ha sido así? –murmuró Karen.

—Más o menos –contestó Luiz mirándola a los ojos.

—¿Cuándo decidiste que te querías casar conmigo?

—En cuanto te vi –sonrió Luiz.

—¿Te habrías casado conmigo aunque no hubiera sido virgen?

—Ya te dije en Corcovado que sí –le aseguró Luiz–. Tu virginidad solamente fue la guinda del pastel. No supe que eras virgen hasta que nos acostamos por primera vez, cuando estabas nerviosa porque no sabías si ibas a ser capaz de satisfacerme.

Karen intentó recordar, pero no pudo, así que decidió disfrutar del presente.

Al acariciar los labios de Luiz, aquellos labios que le acababan de dar tanto placer, no se sorprendió al comprobar que lo deseaba de nuevo.

No sabía si lo que había sentido por aquel hombre antes de perder la memoria había sido sólo una atracción sexual, pero tenía muy claro que ahora sentía algo mucho más fuerte por él.

—¡Es imposible que me haya acostado con otro

hombre teniéndote a ti! –declaró con pasión–. ¡Por favor, Luiz, tienes que creerme!

–Hemos dicho antes que nos vamos a olvidar del pasado –contestó él–. Hasta que recuperes la memoria, no tenemos otra opción.

«Si nunca la recuperas, nunca sabrás la verdad», le dijo la voz de su conciencia.

Hubiera tenido o no una aventura, lo cierto es que algo la había impulsado a tomar un avión.

Se olvidó de aquello cuando sintió los labios de Luiz en la boca de nuevo.

Por cómo los miraba Regina en el desayuno, era obvio que se había dado cuenta de que algo había cambiado entre ellos.

Beatriz también los miraba de forma diferente, así que se debía de haber dado cuenta también. La diferencia era que a ella no le hacía ninguna gracia.

Karen ignoró las miradas de ambas. La reconciliación que Luiz y ella habían llevado a cabo aquella noche había sido sólo parcial, pero era vital.

–Quiero volver a aprender portugués –declaró con decisión–. ¡Me apuesto el cuello a que no hay muchas personas en el mundo que tengan que aprender un idioma dos veces! –rió.

–Posiblemente, seas la única –contestó su marido–. Seguro que te resulta más fácil de lo que crees.

–Yo te ayudaré –se ofreció Regina.

–Muchas gracias –contestó Karen.

—Ya verás qué sorpresa se van a llevar todos hoy en la barbacoa cuando los saludes en portugués —sonrió su cuñada.

Ni Raymundo ni Beatriz fueron a la fiesta y aquello hizo que Karen se diera cuenta de que su cuñado estaba completamente dominado por su mujer, todo lo contrario a Luiz.

La casa de los Ferrez resultó ser una maravillosa mansión en mitad de la naturaleza. Cuando ellos llegaron, ya había allí diez o doce personas. Las mujeres iban vestidas de forma casual, con pantalones cortos y camisetas de playa, tal y como Regina le había aconsejado a Karen que se vistiera.

Hubo cierto revuelo a su llegada, pero ella ya contaba con eso. Era imposible que la gente se enfrentara a una situación tan rara como aquélla sin sorprenderse.

Había visto a aquellas personas durante tres meses y estaba segura de que había organizado barbacoas en su casa como en la que estaba en aquellos momentos, así que los conocía.

Sin embargo, ni sus caras ni sus nombres le decían nada y, para colmo, no hablaban inglés.

Al principio, Luiz no se separó de ella, pero otro hombre se lo llevó para hablar de negocios y, aunque Karen intentó controlarse, sintió pánico.

Aquellas personas eran desconocidas para ella. ¿Cómo pretendía que llevara bien la situación ella sola? ¡Pero si ni siquiera entendía lo que le decían!

Intentando calmarse para no perder la compostura, buscó soledad en un rincón del jardín. El cielo estaba despejado y se sentó en un banco de piedra, echó la cabeza hacia atrás y cerró los ojos dejando que el sol bañara su rostro.

–¿No bebes nada? –le preguntó una voz masculina.

Karen abrió los ojos y se encontró con un hombre con una botella de vino y dos copas. Supuso que la había seguido. Buscó en su memoria inmediata y se acordó de que se lo habían presentado como Jorge Arroyo.

Tenía más o menos la misma edad que Luiz y era tan guapo como él, pero mucho más prepotente. Además, Luiz no le había hecho demasiado caso.

–No, gracias –contestó–. Quería estar un rato a solas.

El tal Jorge Arroyo ignoró la indirecta.

–Me da mucha pena lo que te ha pasado –declaró–. Cuando Luiz te presentó ante sus amigos, todos le envidiamos, pero ahora me pregunto si las cosas entre vosotros han vuelto a ser como antes.

Karen se encogió de hombros.

–Como no puedo recordar cómo eran antes, no te puedo contestar –contestó–. Hablas muy bien inglés –añadió intentando cambiar de tema.

–No hace mucho, hablábamos en portugués –contestó Jorge–. Es increíble cómo funciona la mente humana.

Aquello puso nerviosa a Karen. ¿Implicaban las palabras de aquel hombre que habían mantenido conversaciones íntimas? Había algo en él que no le gustaba.

En aquel momento, apareció Luiz.

—Te estaba buscando —declaró—. ¿Has comido?

—Todavía no —contestó Karen dándose cuenta de que estaba enfadado.

—Entonces, vamos.

Karen se puso en pie y miró a Jorge, cuya presencia había pasado completamente ignorada por parte de su marido.

—¿Por qué no te has quedado donde te dejé? —le preguntó mientras avanzaban hacia la casa.

—Porque necesitaba un respiro.

—¿Jorge te ha seguido?

—No le he pedido que me acompañara, si es lo que estás preguntando. ¿Tienes algo en contra de él?

—No es de fiar —contestó Luiz.

Karen no preguntó nada más.

La comida era excelente y la carne, maravillosa. Karen se preguntó si sería de Guavada.

—La mayor parte de nuestra producción se destina a la exportación —contestó Luiz cuando se lo preguntó—, pero ésta es nuestra. Hay un pequeño matadero en la ciudad.

Karen hizo una mueca de disgusto.

—Así es la vida. Esas sandalias que llevas son de cuero, ¿no?

—Sí, ya sé que es una tontería, pero...

—Los ingleses adoráis a los animales —dijo Luiz sonriendo—. Por cierto, ¿te gustaría tener un perro?

—Me encantaría —contestó Karen entusiasmada—. En casa de mis padres siempre había perros.

–Eso está hecho, entonces. Te advierto que tendrás que enseñarle a que no se acerque al río porque los cocodrilos no tienen piedad de nadie.

–Sí hay cocodrilos en el río, te aseguro que yo tampoco me acercaré. ¿Hay algún otro animal salvaje en la zona?

–Pumas y serpientes de cascabel –contestó Luiz–. Es broma –añadió al comprobar su estupefacción.

Su relación iba mejorando y Karen se encontró deseándolo de nuevo. Ojalá estuvieran solos. Quería volver a sentirlo entre sus brazos.

–¿Nos vamos a casa? –propuso Luiz.

Era obvio que se había dado cuenta de lo que Karen estaba pensando y estaba dispuesto a plegarse a su necesidad.

–¿Y Regina?

–No te preocupes, volverá con alguien.

La anfitriona no protestó cuando le dijeron que se iban porque a Karen le dolía un poco la cabeza.

Mientras iban hacia casa en la misma espaciosa limusina que los había recogido en el aeropuerto unos días atrás, Karen se dijo que las dos siguientes horas iban a ser maravillosas y que, pasara lo que pasara, nadie le podría quitar eso.

¡Nadie!

Capítulo 6

AUNQUE la amnesia no daba muestras de desaparecer, Karen se encontró aprendiendo portugués mucho más deprisa de lo que hubiera creído.

El portugués brasileño era diferente al portugués europeo pues se había visto enriquecido con dialectos indios autóctonos y lenguas africanas que habían llegado con los esclavos.

—¿Conseguí alguna vez dominar las vocales? —le preguntó a Luiz una noche después de haber intentado una y otra vez pronunciar una palabra bien sin conseguirlo.

—La verdad es que no, pero date tiempo —contestó su marido—. El tiempo todo lo cura —añadió con cierta amargura.

Karen se dio cuenta de que había algo que el tiempo no iba a curar jamás entre ellos: Lucio Fernandas.

—Tal vez, hubiera sido mejor que jamás nos conociéramos, que jamás hubiera ganado ese dinero —comentó con tristeza.

Luiz negó con la cabeza.

–No digas eso. Además, lo que tenemos es lo que tenemos que vivir.

Karen terminó de cepillarse el pelo en el tocador mientras lo veía meterse en la cama por el espejo. Luiz siempre dormía desnudo e insistía en que ella hiciera lo mismo, algo que a Karen le encantaba.

Habían hecho el amor todas las noches durante los últimos diez días y aquella noche no iba a ser una excepción.

No habían vuelto a hablar de su embarazo y posterior aborto y, de repente, Karen se dio cuenta de que Luiz jamás utilizaba ningún método anticonceptivo.

Se quedó mirándolo con los ojos muy abiertos.

–¿Te sucede algo? –le preguntó él desde la cama.

–¿Crees que otro hijo nos acercaría?

–No creo que nos alejara –contestó Luiz–. No tenemos por qué esperar.

–Podríamos haberlo hablado antes –protestó Karen–. ¡No tenías derecho a tomar esa decisión tú solo!

–¿No quieres tener un hijo?

–No es eso –contestó Karen mordiéndose el labio inferior.

–Entonces, ¿qué es?

–¡Toda esta situación!

–Esta situación es lo que tú y yo hemos decidido tener, el presente y no el pasado. Dijimos que íbamos a empezar de cero. ¿Ya no estás de acuerdo?

–Claro que estoy de acuerdo, pero... creo que sería mejor esperar un poco.

–Yo no –contestó Luiz–. ¿Vienes a la cama?

–Para darte un hijo y heredero, no –contestó Karen enfadada.

En cuanto aquellas palabras salieron de su boca, se arrepintió. Dejó el cepillo sobre el tocador y fue hacia Luiz. Se sentó en el borde de la cama y apoyó la mejilla en su pecho.

–Eso ha sido injusto por mi parte –murmuró.

Luiz le acarició el pelo.

–Si no quieres tener hijos, es mejor que no los tengamos.

–Sí quiero –le aseguró Karen mirándolo a los ojos e intentando convencerse a sí misma de que así era–. Quiero que nuestro matrimonio vuelva a ser como antes y estoy dispuesta a hacer lo que sea.

Luiz sonrió encantado.

Karen lo besó con devoción y se dijo que tenía razón. Tenían que seguir con sus vidas como si no hubiera pasado nada y tener hijos formaba parte del matrimonio.

El cachorro que Luiz le llevó un par de días después era una mezcla de varias razas. Era de pelo largo, rabo largo y patas muy grandes, pero Karen se enamoró de él en cuanto lo vio.

Lo llamó Sansón para compensar lo pequeño que era.

Por supuesto, a Beatriz le parecía fatal tener un animal suelto en casa, pero no se atrevía a decirlo delante de su cuñado.

—Le encanta buscar fallos —dijo Regina—. Luiz me ha dicho que Sansón era el más pequeño de una cámara de cinco. Me encantaría que me trajera otro para mí.

Karen pensó que, entonces, Beatriz sí que se iba a enfadar.

—¿Se lo podrías pedir tú? —añadió Regina esperanzada—. A ti no te niega nada.

Karen no estaba muy segura de ello porque su relación fuera de la cama todavía estaba por establecer.

—Lo intentaré —le prometió a su cuñada—, pero no te hagas ilusiones.

Se lo preguntó aquella misma noche, pero Luiz no se mostró demasiado entusiasmado pues su hermana jamás había dicho que le gustaran los perros especialmente y creía que sólo era un capricho.

—Si resulta que lo es, yo me comprometo a ocuparme de los dos perros —contestó Karen—. No seas injusto con tu hermana.

—Te aseguro que ha habido muchas ocasiones en el pasado en las que se ha comportado como una niña caprichosa.

—¿De verdad?

—¿No te has dado cuenta de que Regina te idolatra? Si tú te tiras por un precipicio, ella va detrás.

—Yo también la quiero mucho —contestó Karen

sinceramente—. Venga, Luiz, déjala que tenga un perro. Estoy segura de que lo cuidara bien.

Luiz asintió.

—Está bien, pero se lo vas a tener que decir tú a Beatriz.

—Cobarde —contestó Karen viendo un brillo divertido en sus ojos.

Luiz la tomó en brazos y la tiró sobre la cama.

—Pide perdón o me las pagarás —bromeó.

Karen levantó las manos.

—¡Pido perdón, pido perdón!

Luiz se tumbó encima de ella y comenzó a besarla con pasión mientras ella pensaba que así debía de haber sido al principio, sin problemas ni tribulaciones como las que habían sufrido las pasadas semanas.

Un rato después, completamente saciada, Karen se preguntó si un psiquiatra o un psicólogo no la ayudarían a recuperar la memoria.

¿De verdad quería recuperarla? ¿No sería mejor dejar las cosas como estaban?

Luiz la tomó de la cintura y la apretó contra sí. Karen deslizó la mano por su muslo y le tocó la entrepierna. Luiz abrió los ojos al sentir su mano allí, en aquel lugar que ya empezaba a endurecerse.

—Creí que habías tenido bastante —sonrió.

—De eso nada —contestó Karen—. Eso te pasa por hacerme disfrutar tanto.

Luiz sonrió y se tumbó sobre ella.

—A lo mejor te arrepientes de tanta osadía —declaró introduciéndose en su cuerpo.

A lo mejor se arrepentía de muchas cosas, pero desde luego no de aquello.

Llegaron a marzo y el tiempo se hizo más agradable pues hacía más fresco y había dejado de llover.

Hacía exactamente un mes y medio que Karen se había despertado en la cama del hospital. Se dio cuenta una mañana consultando su calendario. Habían pasado cuatro meses y pico desde que había ganado el dinero que le había cambiado la vida.

La mayor parte de aquel tiempo seguía siendo una gran incógnita para ella y ya había aceptado la posibilidad de que, tal vez, lo fuera siempre.

A veces, echaba de menos Inglaterra, pero lo cierto era que la vida que llevaba en Brasil era mucho mejor que la que llevaba en su país de origen.

Su única queja era que veía muy poco a su marido durante el día. Aparte del tiempo que tenía que dedicarle al rancho, Luiz tenía un despacho completamente equipado en casa desde el que atendía sus numerosos negocios.

A diferencia de Raymundo, al que no le importaba que otros manejaran su dinero, Luiz se implicaba por completo.

–¿Te puedo echar una mano? –le preguntó una noche–. Se dan muy bien los ordenadores.

–No dudo de tu inteligencia, pero no es necesario –rió Luiz.

–¿Eso quiere decir que no quieres que me meta en tus asuntos?

–Eso quiere decir que prefiero trabajar solo –contestó Luiz con el ceño fruncido–. ¿Te aburres viviendo aquí?

–Claro que no, pero es muy diferente a la vida que llevaba en Inglaterra.

–De eso hace más de medio año. Ya está todo olvidado.

–Yo no me he olvidado de nada. ¿Acaso tú sí?

Karen vio que Luiz apretaba las mandíbulas.

–¡Estaba de broma! –exclamó.

–Te aseguro que yo no me he olvidado de nada.

–Luiz, lo siento –dijo Karen abrazándolo–. Sé que para ti ha sido muy difícil.

–Sí, lo ha sido.

–Te aseguro que jamás he estado con otro hombre –dijo Karen viendo cómo se tensaba–. ¡De haber sido así, lo sabría!

Luiz no se movió, pero la miró a los ojos. Karen se acercó a él y lo besó en la boca.

–Te deseo –le dijo al oído.

Luiz la tomó en brazos y la condujo a la cama. Aquella no era la solución a todos sus problemas, pero de momento era lo único que tenían.

Al final, tuvieron que acondicionar un trozo del jardín para los dos cachorros pues destrozaron dos alfombras y Beatriz dijo, con toda la razón, que ya no podía más.

Karen accedió, pero después de insistir en que las casetas tuvieran calefacción para que los animales pudieran hacer frente al invierno sin problemas.

Regina había perdido para entonces el interés en su perro, aunque jugaba de vez en cuando con él.

—No voy a decir que ya te lo dije —comentó Luiz cuando vio a Karen paseando a los dos.

—Lo acabas de hacer —contestó su mujer—. Sí, tenías razón, pero a mí no me importa ocuparme de los dos.

—Ya lo sé, pero son mucho más grandes de lo que creíamos y no sé hasta cuándo vas a poder con ellos.

—No te preocupes, los estoy educando bien. Sólo hay que ser perseverante.

—Espero que tengas razón. Desde luego, mi hermana...

—No la regañes. Regina creería que he estado hablando mal de ella y no es así.

—Tendrías todo el derecho del mundo a hacerlo. Se aprovecha de ti porque eres muy buena —dijo Luiz tomando las correas—. Vamos a dejarlos en sus casetas, anda.

—Espero que no quieras deshacerte de Bruno —dijo Karen mientras lo seguía—. Sansón estaría muy solo sin él.

—Se pueden quedar los dos si le das permiso a Carlos para que los eduque.

—Sólo si me prometes que no les va a pegar.

—Te lo prometo —contestó Luiz—. Me tengo que ir a Brasilia.

—¿A ver a tu madre?

—La voy a ver, sí, pero voy por otro asunto.

Karen lo miró de reojo, nerviosa por algo que no podía explicar.

—¿Cuánto tiempo vas a estar fuera?

—Dos o tres días.

—¿Cuándo te vas?

—Mañana.

Karen tragó saliva.

—Te voy a echar de menos.

—Por lo menos, por la noche —sonrió Luiz.

—¿Te crees que el sexo es lo único que me importa?

—Creo que es una parte muy importante de nuestra relación y siempre lo ha sido.

—¿Me estás diciendo que crees que es lo único que sentía por ti?

—Creo que te convenciste de que sentías algo más y conseguiste convencerme a mí también.

—Hasta que te demostré que no era así cuando te abandoné —dijo Karen en tono seco—. Sigues creyendo que me fui con Lucio Fernandas, ¿verdad?

—No encuentro otra explicación. Se fue el mismo día que tú sin decírselo a nadie.

Karen negó con la cabeza con vehemencia.

—¡Es imposible que me sintiera atraída por un hombre como él!

—Tenía mucho éxito entre las mujeres.

—¿Cómo lo sabes?

—Todo el mundo lo sabía.

—¿Y aun así lo contrataste?

–Mientras hiciera bien su trabajo, era muy libre de tener la vida privada que quisiera.

–¡Hasta que se cruzó con la tuya, por supuesto! –exclamó Karen con sarcasmo.

–Efectivamente –contestó Luiz–. Los médicos me han dicho que la amnesia parcial se debe a que el paciente bloquea algo que no quiere recordar. Si el bloqueo es permanente, la única forma que tengo de estar seguro de que no hubo nada entre vosotros es hablar con él.

–¿Y cómo vas a hacer eso si no sabes dónde está?

–He contratado a un detective privado para que lo busque.

Karen se puso nerviosa. Se había repetido una y otra vez a sí misma que era imposible que se hubiera sentido atraída por un hombre como él, pero no podía estar segura.

–Espero que lo encuentres –mintió.

Luiz no volvió a hablar del tema, pero era obvio que no lo había olvidado. Karen tampoco lo había olvidado. Lucio Fernandas iba en el mismo avión que ella y se había ido del trabajo el día anterior sin decirle nada a nadie.

¿Qué otra explicación había sino que estaban juntos?

Aquella noche tenían invitados a cenar. Nada formal, sólo una reunión de amigos. Karen se puso una falda de seda, una camisa sin mangas y unas sandalias de tacón.

Su portugués había mejorado considerable-
mente y ahora le resultaba mucho más fácil estar
con gente.

Luiz estaba sentado en la cabecera de la mesa
ataviado con una preciosa camisa blanca que real-
zaba el tono aceitunado de su piel y hacía que Karen lo deseara con todo su cuerpo.

Se equivocaba cuando creía que lo único que
había entre ellos era sexo porque ella sentía algo
más fuerte por él.

Si antes de la amnesia sentía lo mismo, estaba
segura que ni una manada de caballos salvajes hubiera conseguido apartarla de su marido.

Entonces, ¿qué había pasado?

Después de cenar, tomaron café en el porche y
Regina se sentó al lado de Karen para contarle
muy emocionada que le gustaba Miran Villota, un
joven de veintitantos años que había acudido a la
fiesta porque estaba invitado en casa de los Ferrez.

Karen intentó aconsejarle que se mostrara pru-
dente porque era una persona de naturaleza caprichosa y le recordó el episodio del perro, pero Regina no quiso ni oír hablar de ello e insistió en que
estaba completamente enamorada de él y conven-
cida de que había conocido al hombre de su vida.

—Menos mal que sólo se va a quedar unos días
más —comentó Luiz una vez a solas en su habitación.

—¿De quién hablas? —preguntó Karen viendo
que eran más de las dos de la madrugada.

—De ese Miran Villota —contestó su marido.

–¿Por qué lo dices? A mí me ha parecido un chico encantador.

–Sí, encantador es muy encantador, pero no me gusta.

Karen decidió que era mejor no contarle que Regina tenía una opinión completamente contraria.

–¿A qué hora te vas mañana?

–Mi vuelo sale al mediodía, así que me iré del rancho antes de las ocho y media de la mañana.

Teniendo en cuenta la hora que era ya, no iba a dormir mucho. Karen se metió en la cama y se tumbó a su lado con el corazón latiéndole aceleradamente, como todas las noches.

Luiz se giró hacia ella, pero sólo le dio un beso.

Al cabo de pocos minutos, estaba completamente dormido. Karen se quedó mirando el techo. Era la primera vez que no le había hecho el amor, pero se dijo que siempre tenía que haber una primera vez para todo.

Al fin y al cabo, al día siguiente tenía que conducir hasta el aeropuerto y tenía que estar despierto. Además, tal vez a Luiz no le hubiera hecho mucha gracia que le cayera bien Miran.

Ella lo había defendido porque sabía que a Regina le gustaba, pero Luiz eso no lo sabía y debía de suponer que le gustaba a ella.

Consideró la posibilidad de despertarlo para aclararle la situación, pero decidió no hacerlo. Seguramente, cuando volviera Miran Villota ya se habría ido y Regina habría recuperado la cordura.

Karen tardó bastante tiempo en dormirse y se

despertó pasadas las nueve. Era absurdo buscar a Luiz pues sabía que ya se había ido. De hecho, la casa parecía vacía sin él.

Cuando bajó, Regina le dio los buenos días encantada. Seguía estando emocionada por haber conocido a Miran pues le parecía que había encontrado al amor de su vida.

—Le voy a decir hoy mismo lo que siento por él —declaró muy contenta.

Karen se preguntó cómo se lo iba a tomar el chico. Por lo visto, le había dicho que la encontraba muy bonita, pero ni siquiera se habían besado todavía.

Cuando volvió de comer con él, Regina seguía encandilada, pero un poco decepcionada porque lo había invitado a ir a su casa y él le había dicho que tenía que ocuparse de unos asuntos.

—¡Es un hombre maravilloso! —suspiró—. Le he contado cómo os conocisteis Luiz y tú y que tú me has dicho muchas veces que supiste desde el primer momento que mi hermano era el hombre de tu vida.

—¿Y que le ha parecido?

—Muy romántico —contestó Regina—. Lo cierto es que lo fue para vosotros y está siéndolo para nosotros ahora mismo.

—¿Y cuando lo vas a volver a ver?

—Me ha dicho que me llamará.

Karen pensó que aquello no era muy propio de un hombre enamorado, pero, ¿quién era ella para juzgar?

—¿Te das cuenta de que a Luiz no le va a hacer ninguna gracia?

—No me puede impedir que me case con Miran —contestó Regina.

«Pero lo va a intentar», pensó Karen.

Lo único que podía hacer era preguntarle directamente a Miran lo que sentía por su cuñada, pero no sabía cómo hacerlo. Podía llamar a casa de los Ferrez para hablar con él, pero, teniendo en cuenta la reacción de Luiz la noche anterior, no le pareció una buena idea pues tal vez creyera que era ella la interesada en el joven.

El dilema quedó resuelto cuando la llamaron al teléfono aquella misma noche. Creía que iba a ser Luiz y se llevó una gran sorpresa pues era Miran.

—Tengo que hablar contigo —dijo el joven.

—¿De Regina? —contestó Karen.

—Sí. No puedo hablar ahora. No quiero que me oigan. ¿Te importaría que quedáramos?

Karen dudó.

—Tendrías que hablar directamente con Regina.

—No puedo. ¡Por favor!

Karen pensó que tendría que haberle contado la verdad a Luiz la noche anterior y haber dejado que fuera él quien se encargara del problema, pero ya no había marcha atrás.

—Está bien —accedió por fin—. ¿Dónde y cuándo?

—Mañana por la mañana tengo cosas que hacer y ya he quedado para comer, pero estaré libre a partir de las tres y media. Te espero en la plaza del mercado. Te tengo que dejar –dijo Miran colgando antes de que a Karen le diera tiempo de contestar.

Karen colgó el teléfono preocupada. Al día siguiente no había mercado, pero eso no quería decir que no fuera a haber mucha gente en la plaza. Para colmo, Karen sospechaba lo que Miran le iba a decir. Regina se había emocionado y él no le correspondía.

–¿Era Luiz? –preguntó Beatriz a sus espaldas.

–Sí –mintió Karen–. Ha llamado para decir que había llegado bien.

–¿Eso era todo lo que tenía que decirte?

–No, pero el resto es algo entre marido y mujer.

–Te puedes esconder de la verdad, pero no podrás escapar de ella –le espetó Beatriz girándose para irse.

Hubo algo en su tono que hizo que Karen tragara saliva y se lanzara.

–¿A qué te refieres?

–Te crees que Luiz ha ido a Brasilia por algo que tiene que ver con Guavada, pero no es así –contestó Beatriz con malicia–. Si quieres saber por qué ha ido, encontrarás las pruebas en su despacho.

Una vez a solas, Karen se preguntó una y otra vez qué debía hacer. Al cabo de varios minutos, se puso en movimiento como un autómata.

Sólo había entrado en el despacho de Luiz un par de veces, pero avanzó con decisión hasta su mesa y comenzó a abrir los cajones. Encontró lo que estaba buscando en el último.

Era la fotografía de una joven de no más de dieciocho años, morena y guapa, que tenía un niño de unos dos años en el regazo cuya paternidad era evidente.

Karen apretó la fotografía mientras se sentaba y la niebla se disipaba por fin de su mente...

Capítulo 7

ERA ALTO y delgado, de espaldas anchas y llevaba una camiseta blanca. Todas las mujeres lo miraron y Karen no fue una excepción.

Se fijó en los rasgos de su rostro y sintió mariposas en el estómago. En Río de Janeiro había muchos hombres guapos, pero aquél era el primero en tener ese efecto sobre ella sin ni siquiera haber hablado.

Se paró en la puerta del restaurante mirando alrededor sin prisas. Karen volvió a mirar su plato cuando los ojos de aquel hombre se posaron en ella y sintió que se le aceleraba el pulso.

En un país donde la mayoría de las mujeres eran morenas, su pelo rubio la hacía destacar sobre las demás. De hecho, muchos hombres se habían acercado a ella desde que había llegado a Río.

Era el precio que tenía que pagar por viajar sola.

Cuando el maître se acercó a ella, Karen sintió que el corazón le daba un vuelco.

—Tenemos un problema, señorita. Ésta es la única mesa que tiene un lugar sin ocupar. ¿Le importaría que el señor Andrade se sentara con usted?

Karen no necesitó mirar para saber quién era el señor Andrade. Sentía su presencia.

–En absoluto –contestó para no parecer una tonta.

Su compañero de mesa se sentó enfrente y le dedicó una impresionante sonrisa. Karen rezó para que no se le notara en la cara lo que estaba sintiendo.

–Muchas gracias –dijo el hombre en un inglés impecable–. ¿Está aquí de vacaciones?

–Sí –contestó Karen.

–¿Sola?

–Sí –volvió a contestar Karen levantando el mentón.

–Esta ciudad no es un buen sitio para que una mujer vaya sola. El mero hecho de ser rubia es un reclamo difícil de ignorar.

–Tal vez, debería considerar la posibilidad de teñirme el pelo –bromeó Karen.

–Eso sería una pena.

El camarero le llevó la carta y el señor Andrade la leyó y pidió la comida indicándole que les llevaran una botella de vino blanco.

–Espero que le apetezca tomar una copa de vino conmigo.

–Gracias, pero estoy bien con el agua –contestó Karen dándose cuenta de que iba a necesitar tener la cabeza despejada.

Karen no podía apartar la mirada de aquellos ojos negros.

–Me llamo Luiz y si quiere usted referencias sobre mí, puede hablar con el director del restaurante.

–¿Por qué iba a hacer eso?

–La verdad es que no hay razón para ello –sonrió Luiz–. ¿Y usted cómo se llama?

–Karen Downing.

–Karen –repitió él acariciando su nombre–. Es usted preciosa. Demasiado para estar sola. ¿Es que acaso no hay ningún hombre en su vida?

«Hasta ahora no», pensó Karen repentinamente.

–Soy soltera y sin compromiso –contestó intentando controlarse.

–¿Lleva mucho tiempo en Brasil?

–Sólo tres días. Siempre había querido venir a Río.

–¿Y le está gustando?

–Sí, es precioso. Ayer fui al Pan de Azúcar y la vista desde allí es maravillosa.

–Pues desde Corcovado es todavía más espectacular –contestó Luiz–. La voy a llevar esta tarde.

Karen lo miró con las cejas enarcadas.

–Está usted dando muchas cosas por supuestas.

–No más de las que mis sentidos me dicen que puedo dar –contestó Luiz–. ¿Va usted a negar que la atracción entre nosotros ha sido inmediata?

–Nos acabamos de conocer –protestó Karen.

–Estábamos destinados a conocernos. Llevo muchos años esperando este momento... esta certeza. Usted también la siente.

En aquellos momentos, Karen no estaba muy segura de lo que sentía porque le estaba dando vueltas la cabeza. Luiz tenía razón en lo de la atracción pues Karen sentía su cuerpo ardiendo, pero una cosa muy diferente era dejarse llevar por ella.

—No creo que...

—Déjese llevar por el corazón. Queremos lo mismo. Lo veo en sus ojos.

Si se lo hubiera dicho cualquier otro hombre, Karen se habría enfadado, pero lo cierto era que Luiz tenía razón.

No era la primera vez que se sentía físicamente atraída por un hombre, pero jamás se había sentido tan excitada como en aquellos momentos.

«Déjate llevar. ¡Vive peligrosamente por una vez!», pensó.

—Le ha quedado muy bien esa frase —rió—. Parece sacada de una película.

—Sólo he dicho la verdad, lo que siento. Usted me hace sentir cosas que ninguna otra mujer me había hecho sentir jamás.

—¿Por qué? —preguntó Karen nerviosa.

—Su belleza podría ser una razón en sí misma, pero presiento que hay mucho más. El destino nos ha unido, la ha hecho venir a Río por algo.

—He venido a Río porque gané algún dinero en la lotería —confesó Karen—. De otra manera, jamás me lo podría haber permitido. Si lo que le interesa es mi dinero, le aseguro que sólo tengo lo que he ganado y me lo he gastado todo en este viaje.

—¿Le parece que necesito dinero? —rió Luiz.

—No —admitió Karen—, pero me parecía justo advertírselo.

–Tomo nota –comentó Luiz.

Karen lo miró a los ojos y se dio cuenta de que Luiz Andrade no se parecía a ningún otro hombre que hubiera conocido antes. Era obvio que era un maestro en el arte de la seducción, pero confiaba en él a pesar de todo.

–¿Me cambio de ropa? –le preguntó–. Para ir de excursión –le aclaró.

Luiz se fijó en la camiseta sin mangas color limón que marcaba sus firmes pechos y negó con la cabeza.

–Está perfecta.

A Karen le había gustado mucho aquella ciudad visitándola ella sola, pero le gustó mucho más acompañada por Luiz. Mientras la recorrían, se encontró contándole prácticamente su vida entera y escuchando muchos detalles de la suya.

Estando en la plataforma más alta de Corcovado, Karen sintió que se le secaba la garganta cuando Luiz le pasó la mano por la nuca y la besó.

Se sintió perdida y no pudo evitar pasarle los brazos por el cuello y besarlo con pasión. Al apretarse contra su cuerpo, comprobó que él estaba tan excitado como ella.

–Esta noche vamos a bailar –murmuró Luiz.

–Das muchas cosas por hechas otra vez.

–Me refería a la samba –sonrió Luiz–. ¡En Río todo el mundo baila samba!

Karen sonrió pues sabía que, tal vez, fueran primero a bailar samba, pero tenía muy claro dónde iba a terminar la noche... dónde quería ella que terminara. Lo que pasara a continuación importaba muy poco.

Volvieron al hotel cerca de las ocho. Karen se duchó y se cambió. Se puso un sencillo vestido azul y el collar de perlas de su madre.

Se dejó el pelo suelto pues a Luiz le gustaba y rezó para estar a la altura de las circunstancias cuando llegara el momento.

Cenaron en uno de los restaurantes del hotel y fueron a una discoteca privada donde bailaron durante un buen rato un extenso repertorio de música latinoamericana.

—¡Si me vieran mis amigas no se lo creerían! —sonrió Karen cuando terminaron de bailar el tango—. La verdad es que no me lo creo ni yo. Ha sido tan...

—¿Sensual? —sonrió Luiz—. Así debe ser. El tango es el preludio a hacer el amor —añadió bajando la voz—. Quiero hacerte el amor.

—Yo también —murmuró Karen.

Entonces, se besaron con pasión llamando la atención de los demás presentes, pero ellos no se dieron cuenta porque tenían cosas más interesantes en las que pensar.

Volvieron al hotel cerca de la una de la mañana y por acuerdo tácito fueron a la habitación de Karen.

Luiz la desnudó con maestría y acarició y exploró todo su cuerpo haciéndola gritar de placer cuando jugueteó con sus pezones.

Cuando Karen lo vio desnudo, se dijo que era perfecto. Tenía un cuerpo tonificado y musculoso, la piel bronceada y un fino vello oscuro sobre el torso, pero lo que le quitó el aliento fue su gloriosa erección.

–¿Es la primera vez? –preguntó Luiz al ver cómo lo miraba.

–Sí –confesó Karen–. Siento mucho decepcionarte.

–¡No me decepcionas en absoluto! Esto es maravilloso. Déjame hacer a mí.

A partir de entonces, el tiempo no existió para ellos. Karen se sumió en un mar de sensaciones mientras Luiz le descubría las zonas erógenas de su propio cuerpo y, cuando le tocó el turno a ella, lo hizo sin ninguna vergüenza, disfrutando.

Cuando llegó el momento, estaba tan excitada que apenas sintió dolor cuando Luiz se introdujo en su cuerpo. Sentirlo dentro fue mucho mejor de lo que jamás había imaginado. De hecho, cuando los espasmos se apoderaron de su cuerpo estuvo a punto de desmayarse.

–Ahora eres mía –declaró Luiz–. ¡Para siempre! No quiero que pertenezcas a ningún otro hombre, así que nos casaremos pronto –sonrió al ver su expresión de sorpresa–. Sabes lo que siento por ti y yo sé lo que sientes por mí.

–Sólo me voy a quedar dos semanas –murmuró Karen–. Mi hogar está en Inglaterra.

–Allí no tienes familia que te esté esperando.

–Pero tengo amigos.

–¿Y ellos significan más que lo que hay entre nosotros?

–Lo que hay entre nosotros es sólo... físico –contestó Karen–. Seguro que has sentido lo mismo con otras mujeres.

–¡Nunca! –exclamó Luiz–. Y tú jamás has sentido lo que sientes por mí por otro hombre porque, de haber sido así, te habrías entregado a él.

Dicho aquello, la besó con fuerza haciéndola perder la noción del tiempo de nuevo.

–¿Lo ves? ¿Vas a negar que lo que sentimos el uno por el otro es más fuerte que cualquier otra cosa?

Karen no podía negarlo. ¿Cómo le iba a dar la espalda al único hombre con el que se había acostado de su vida y que la hacía sentir así? Se trataba de un hombre que la quería no sólo por su cuerpo, como los demás.

¿Qué tenía en Inglaterra? Sus amigos, sí, que seguro que la echarían de menos durante un tiempo, pero ellos tenían sus propias vidas.

Luiz leyó la respuesta de sus ojos y sonrió emocionado. Karen lo volvió a besar con intensidad para que la reservas que danzaban en su mente desaparecieran.

Esas reservas hicieron acto de presencia de nuevo durante los siguientes días, pero a Karen le bastaba con mirar a Luiz para olvidarse de ellas.

Luiz era todo un hombre, con él se sentía protegida y querida, exactamente lo que había echado de menos durante aquellos últimos cuatro años, desde que sus padres habían muerto.

Cuando llamó a su compañera de piso para decirle que no iba a volver, Julie se quedó estupefacta. ¿Cómo se iba a casar con un hombre al que acababa de conocer? ¿Y su trabajo? ¿Y sus cosas? ¿Y su vida en Inglaterra?

Karen se dijo que nada era importante comparado con Luiz. No quería que las dudas le hicieran echarse atrás.

Desde luego, Luiz no parecía tener dudas. Se pasaban los días haciendo turismo y yendo a la playa y por las noches hacían el amor.

Para Karen, aquello era un sueño. Se sentía flotar.

Se casaron por lo civil una semana después de su llegada a Río de Janeiro y Luiz le prometió que se casarían por la iglesia cuando volvieran a Sao Paulo.

Cuando le preguntó por qué no habían esperado para casarse a estar en su casa, Luiz le contestó que él prefería hacer las cosas como a él le diera la gana. Aquello hizo que Karen sospechara que su familia no le iba a hacer gracia su matrimonio, pero se dijo que ella se casaba con el hombre y no con la familia.

Cuando terminaron con el papeleo, Karen se dio cuenta de que Karen Downing había dejado de existir y de que había nacido la señora Andrade, esposa de un completo desconocido en muchos aspectos.

—¿Saben tus hermanos que te has casado? —le preguntó aquella noche después de haber hecho el amor.

—Sí —contestó Luiz.

—¿Y no han querido venir a la boda?

—Regina quería venir, pero yo no se lo he permitido porque no me gusta que viaje sola.

—¿Y tu hermano?

—Raymundo vive bajo la suela de su mujer —contestó Luiz al cabo un rato.

—¡Todo lo contrario ti!

—Efectivamente. Beatriz empezaría a respetar a su marido si mi hermano empezara a tomar sus propias decisiones.

—Por lo que dices, entiendo que tu cuñada es un incordio.

Aquello hizo reír a Luiz.

—Desde luego, es la que peor te va a recibir, pero no quiero que te haga dudar. A partir de este momento, tú eres la señora de la casa.

—Por debajo de ti, claro —bromeó Karen.

—No siempre —contestó Luiz poniéndola a horcajadas sobre su cuerpo.

A Karen le hubiera gustado pasar un poco más de tiempo a solas con Luiz, pero él no le dio opción y viajaron a Sao Paulo al día siguiente.

Después del calor húmedo de Río, el clima más seco y agradable de Sao Paulo fue una estupenda bienvenida.

—¿Eres feliz? —le preguntó Luiz mientras iban a casa desde el aeropuerto.

—¡Mucho! —contestó Karen—. Y lo seré mucho más cuando haya conocido a tu familia.

—Les vas a encantar —le aseguró Luiz—. Ya lo verás.

—Tú no eres objetivo —bromeó Karen.

Luiz la miró con un brillo especial en los ojos y recorrió con su mirada su cara bronceada, los mechones plateados de su pelo y la delicada curva de sus clavículas, que quedaban al descubierto bajo el cuello abierto de su camisa blanca.

–Te adoro –declaró–. ¡Te adoro de pies a cabeza porque te conozco de pies a cabeza!

Eso sí que era verdad. Karen se sonrojó al recordar los excesos de la última noche y se fijó en sus manos, unas manos que ahora reposaban sobre el volante, pero que unas horas antes le habían dado un placer con el que jamás había soñado.

Aquella noche ese placer volvería a apoderarse de ella, pero primero tenía que conocer a la familia de su marido. Luiz le había dicho que su cuñada no la iba a recibir con los brazos abiertos, pero Karen suponía que para Regina y para Raymundo la noticia de su boda también habría sido una increíble sorpresa.

Se sorprendió sobremanera al ver que La Santa no era un pueblo sino una ciudad en toda regla y que Luiz no era un hombre rico sino un hombre millonario.

Regina la recibió encantada.

–Luiz me había dicho que eras guapa, pero eres impresionante –exclamó–. ¡Jamás había visto un color de pelo como el tuyo!

–Lo heredé de mi madre –contestó Karen muy contenta–. Siempre he querido tener una hermana y ahora te tengo a ti.

–También has ganado un hermano –dijo Raymundo besándola con sinceridad–. Bienvenida a Guavada.

Sin embargo, su esposa no hizo ni el más mínimo intento de abrazarla ni acercarse a ella. La miró sin expresión y le habló en portugués.

–Karen no habla nuestro idioma, así que a partir de ahora hablaremos todos en inglés cuando ella esté delante –la reprendió Luiz.

–Me gustaría aprender portugués –dijo Karen.

–Y lo aprenderás porque tenemos toda la vida por delante –sonrió su marido.

Toda una vida en un país que apenas conocía y con un hombre del que sabía muy poco. Aquella idea, que había escondido en el rincón más remoto de su cerebro, se abrió paso en aquel instante.

Sin embargo, sus dudas desaparecieron en la privacidad de su dormitorio cuando Luiz la tomó entre sus brazos para darle la bienvenida a su casa a su manera.

«Esto es lo que cuenta», se dijo Karen.

Durante los siguientes días se lo repitió una y otra vez pues tuvo que acostumbrarse a un estilo de vida completamente diferente al suyo y echaba de menos su hogar.

En Río de Janeiro Luiz había estado pendiente de ella las veinticuatro horas del día, pero en Sao Paulo tenía muchas cosas de las que ocuparse y Karen empezó a preguntarse si no habría cometido una locura.

Había abandonado su país para llevar una vida completamente diferente con un hombre al que apenas conocía.

Eso no quería decir que no lo siguiera deseando exactamente igual que el principio porque con sólo mirarlo se sentía la mujer más afortunada del mundo y se decía que tener un amante así merecía todo tipo de sacrificios.

Empezó a darse cuenta de que su marido tenía un carácter muy fuerte que a veces a ella se le hacía difícil de sobrellevar. Por ejemplo, aceptar que la enseñara él a conducir en lugar de ir a una academia se convirtió en una tortura.

—Me parece que he leído en algún sitio que la mejor manera de acabar con un matrimonio es aprendiendo a conducir juntos —le dijo en una ocasión intentando hacerse la graciosa después de haber discutido.

—¡Llámame lo que me acabas de llamar de nuevo y te aseguro que así será! —la amenazó Luiz—. No soy un imbécil inglesito al que se le pueda tomar el pelo así como así.

«Y yo no soy una de tus brasileñas que puedas utilizar como un felpudo», pensó Karen.

—Perdona, se me ha ido la cabeza —contestó sin embargo.

—Que no vuelva a ocurrir —dijo Luiz enfadado.

—Suplico su misericordia —volvió a bromear Karen.

—No tienes respeto y te voy a tener que enseñar a tenerlo —sonrió Luiz.

—¿Aquí? —preguntó Karen mirando a su alrededor pues estaban en el centro de la ciudad.

—No, en casa —le prometió Luiz.

Mientras ponía el coche en marcha de nuevo, Karen se dio cuenta de que, si quería que las cosas fueran bien entre ellos, iba a tener que tener mucha mano izquierda para llevar a aquel hombre.

Su relación con Regina iba viento en popa. Su cuñada tenía diecisiete años y le parecía que el matrimonio de su hermano era tan romántico como los de las novelas rosas que leía ávidamente.

En ellas, los protagonistas siempre terminaban viviendo felices para siempre y Karen deseaba que su matrimonio con Luiz fuera así.

Intentó sortear los obstáculos que Beatriz le había puesto, pero no tuvo éxito. La mujer de Raymundo la trataba con desprecio cuando Luiz no estaba delante.

—¿Raymundo no tiene dinero? —le preguntó Karen a Regina en una ocasión.

—Por supuesto que sí —contestó su cuñada—. Incluso tiene otras casas, pero le gusta vivir en Guavada. Claro que se iría si Luiz se lo dijera y Luiz se lo diría si tú se lo pidieras.

—Yo jamás haría eso —le aseguró Karen.

—¿No te gustaría librarte de Beatriz?

—Admito que es una gran tentación —sonrió Karen—. ¿Por qué me odia tanto?

—¿No lo adivinas? A Beatriz le hubiera encantado casarse con Luiz, pero al no conseguirlo se aprovechó de lo que Raymundo sentía por ella para, al menos, hacerse con el apellido de mi familia. Supongo que mi hermano lo sabe, pero baja la cabeza.

Si aquello era cierto, explicaría muchas cosas. Karen sintió compasión por Raymundo. Aunque fuera un hombre débil, no merecía que lo utilizaran así.

Con aquello en mente, decidió ser amable con él. Cuando no estaba con Beatriz, era un hombre diferente con un gran sentido del humor.

—Beatriz y tú no tenéis mucho en común —comentó Karen un día que estaban solos.

—No —admitió Raymundo—. Nunca consigo estar a la altura que ella quiere.

—¿Y aceptas que te ponga el listón tan alto?

—No tengo opción —contestó Raymundo—. Luiz jamás permitiría que nos divorciáramos.

«No depende de Luiz», pensó Karen, pero se mordió la lengua.

—Supongo que estarías enamorado de ella cuando os casasteis —aventuró.

—Me dejé llevar —admitió Raymundo—. Incluso entonces sabía que ella estaba enamorada de Luiz, pero pensé que con el tiempo podría satisfacerla. No sé si debería estar contándote esto a ti.

—Es obvio que necesitabas contárselo a alguien —contestó Karen—. ¿Sabe Luiz cómo te sientes?

—No —contestó Raymundo alarmado—. ¡No se lo digas!

—No se lo diré, pero deberías hablar con él.

—¿Para qué? Sé lo que me diría.

–Que te tienes que aguantar porque así lo has elegido.

Raymundo sonrió levemente.

–Exactamente.

–¡Es tu vida, no la suya! –protestó Karen–. Mi marido no tiene derecho a decirte lo que debes o no debes hacer.

–No, pero tiene derecho a decirme que me vaya de Guavada y eso me mataría.

Dicho aquello, Raymundo no volvió a hablar de ese tema. Obviamente, se arrepentía de haberle contado aquel secreto. Karen no le iba a decir nada a Luiz, pero estaba segura de que la reacción de su marido no sería tan fuerte como su hermano temía.

Aunque en La Santa había muchos sitios para salir, su vida social se reducía a quedar con amigos y vecinos. La mayoría de ellos eran agradables, pero era obvio que la boda había caído como un jarro de agua fría entre ellos.

Para colmo, pocos hablaban inglés y el portugués de Karen era muy malo. Menos mal que conoció a Jorge Arroyo, que sí hablaba inglés y era un hombre muy independiente, que tenía un estudio de pintura en la ciudad.

–Me encantaría pintarte –le dijo en una ocasión.

–¿Cuánto me cobrarías por ello? –sonrió Karen.

–Nada porque jamás vendería un retrato de ti –contestó Jorge–. Me lo quedaría para disfrutarlo yo. Sólo para mis ojos.

–No creo que a Luiz le hiciera eso mucha gracia –bromeó Karen.

–No, no creo –suspiró Jorge–. Luiz no aprecia mi talento y, de hecho, no creo que le haga gracia ni siquiera que hables conmigo.

–Yo decido con quién hablo y con quién no –le aseguró Karen.

–Entonces, estaré encantado de que haya más conversaciones entre nosotros en el futuro –contestó Jorge.

Karen se dijo que aquel hombre estaba flirteando con ella y no sabía por qué. No debería haber dejado que la provocara.

Luiz estaba con otro grupo de gente, no muy lejos de allí, y Karen fue hacia ellos. Cuando agarró a su marido de la mano y lo miró, se dio cuenta de que Luiz estaba tenso.

Nada más llegar a casa, él mismo se lo hizo ver.

–No quiero que vuelvas a hablar con Jorge Arroyo –declaró cerrando la puerta.

–¿Por qué? –preguntó Karen.

–Porque lo digo yo.

–Me temo que eso no es suficiente para mí. Sólo estaba hablando con él.

–No, estabas flirteando con él –dijo Luiz mirándola con severidad.

–El que estaba flirteando era él –protestó Karen.

–Porque tú le has dado pie –insistió Luiz–. No quiero seguir hablando de este tema.

–¡No me trates como si fuera de segunda! ¡En mi país hay igualdad entre hombres y mujeres!

–En tu país, los hombres han perdido el derecho

a que se los llame hombres. Aquí, mi esposa hace lo que yo digo.

–¿Y te crees que te voy a obedecer?

–Por supuesto –contestó Luiz–. No quiero que te vuelvas a acercar a Jorge Arroyo.

Dicho aquello, se metió en el baño. Cuando volvió, Karen ya estaba en la cama, pero de espaldas a él.

Luiz se metió en la cama completamente desnudo, al igual que ella, y le acarició un pecho.

–¡Déjame en paz! –protestó Karen–. ¡No quiero nada contigo!

En lugar de apartarse, Luiz comenzó a darle besos por la espalda.

–Mentirosa.

Karen intentó resistirse, pero, cuando sintió sus dedos en la entrepierna, se abandonó al placer.

–Otros hombres te desean, pero jamás te tendrán así –declaró Luiz–. ¡Eres mía y sólo mía!

Completamente excitada, Karen se dejó hacer, pero cuando terminaron, mientras descansaba entre sus brazos, se dio cuenta de algo que llevaba algún tiempo ya rondándole la cabeza.

Luiz no la quería. No como ella creía. Para él, era sólo algo de su posesión.

Capítulo 8

LA CEREMONIA eclesiástica tuvo lugar en la preciosa iglesia de La Santa y a ella sólo asistieron la familia y los amigos íntimos.

La ceremonia civil había sido sólo un requisito legal, pero la eclesiástica unía algo mucho más profundo.

Karen no se quejaba de la vida que llevaba, por supuesto, pues cualquier mujer se hubiera conformado con tener una casa estupenda, ninguna preocupación económica y una vida sexual maravillosa.

Cuando se confirmó su embarazo la asaltaron emociones encontradas. No era de extrañar que se hubiera quedado embarazada pues no habían tomado medidas en ningún momento, pero de alguna manera a Karen ni siquiera se le había pasado la posibilidad por la cabeza.

Luiz acogió la noticia con entusiasmo.

—¡A partir de ahora tendremos más! —declaró.

—A mí también me gustaría —contestó Karen—. Si éste es un niño, me gustaría que la siguiente fuera una niña.

Luiz sonrió y negó con la cabeza.

–Primero, dos niños y, luego, ya tendrás una niña.

–Te crees que siempre tiene que ser lo que tú quieras –le espetó Karen enfadada–, pero te recuerdo que hay ciertas cosas que no puedes controlar.

–Pero lo puedo intentar –sonrió Luiz.

Regina también se mostró encantada ante la llegada de su primer sobrino.

–¡Y yo todavía no he encontrado al amor de mi vida! –se lamentó.

–Sólo tienes diecisiete años –contestó Karen–. Tienes mucho tiempo por delante. Algún día, conocerás a un hombre que te haga levitar.

–¡Como te pasó a ti cuando conociste a mi hermano! ¿Cómo te diste cuenta de que era el hombre de tu vida? ¿Qué le hace diferente de los demás?

–Que es brasileño –contestó Karen.

–¡No me tomes el pelo!

–Supongo que fue su belleza, su educación y las cosas que me dijo –contestó Karen ya en serio.

–¿Qué tipo de cosas?

–Algún día lo sabrás por ti misma.

–¡Estoy deseando que llegue ese día! También estoy deseando que nazca vuestro hijo. ¿Le vais a poner un hombre inglés?

–No creo que a Luiz le hiciera mucha gracia.

Karen había pensado que, al fin y al cabo, estaba casada con un brasileño y su hijo iba a nacer en Brasil. Luiz le había insinuado que pidiera la nacionalidad brasileña, pero ella había dicho que no pues lo último que quería hacer en el mundo era renunciar a su nacionalidad británica.

Menos mal que Luiz no se lo había tomado mal.

A pesar de que no le hacía ninguna gracia obedecer a su marido en todo, no tuvo más remedio que evitar a Jorge Arroyo.

—Creí que tenías más valor —le recriminó el pintor una mañana que se encontraron en la ciudad.

—Soy una persona diplomática —se defendió Karen sabiendo perfectamente a lo que se refería.

—Eres una mujer sumisa —la acusó Jorge—. Si fueras independiente, ahora mismo te tomarías un café conmigo.

Karen estaba a punto de decir que no cuando se apoderó de ella una repentina rebeldía. Jorge tenía razón. Debía demostrarle a Luiz que era perfectamente capaz de tomar sus propias decisiones.

—Muy bien —contestó.

—Así me gusta —sonrió Jorge.

El artista la llevó a una cafetería en la que había varias personas conocidas y Karen se dio cuenta de que Luiz se iba enterar tarde o temprano, pero le dio igual.

—¿Por qué no le caes bien a Luiz? —le preguntó Karen una vez sentados.

Jorge se encogió de hombros.

—Regina se sintió atraída por mí el año pasado y tu marido cree que yo intenté seducirla.

—¿Lo hiciste?

—Yo sólo quería pintarla. El resto fueron imaginaciones suyas.

–Cuéntamelo todo.

–No hay mucho que contar. Tu cuñada vino a mi estudio sólo tres veces y yo no tenía ni idea de que le gustaba hasta que me lo dijo. No sabía qué hacer pues no estoy acostumbrado a lidiar con los sentimientos de las adolescentes. Cuando Luiz le preguntó a su hermana por qué estaba tan triste y Regina se lo cóntó, tu marido amenazó con matarme.

–Son frases hechas que se emplean cuando uno está enfadado –contestó Karen intentando disculpar la actitud de Luiz–. Seguro que no sabía que su hermana iba a verte porque te había encargado un cuadro.

–No creo que Regina lo mantuviera en secreto –se defendió Jorge.

Karen estudió a Jorge y se preguntó si debía o no creerlo. Una chica de dieciséis años era fácilmente manipulable y enamoradiza. De hecho, ella misma se había enamorado a aquella edad de uno de sus profesores.

–Supongo que bien está lo que bien acaba –declaró Karen–. Obviamente, Regina ya lo ha superado y tú sigues aquí para contarlo.

–Tal vez, tendría que haber hablado con Luiz antes de pintarla, pero no lo pensé.

–Lo cierto es que ya hay suficiente enemistad entre mi marido y tú para que yo añada más leña al fuego –se lamentó Karen–. No debería haber aceptado tomar un café contigo.

–Yo no le tengo miedo a Luiz, pero tú haz lo que quieras –se burló Jorge.

Karen no tenía miedo de su marido, pero no podía soportar que decidiera a quién podía ver y a quién no. Si le hubiera explicado que no quería que viera a Jorge Arroyo porque había intentado seducir a su hermana adolescente, Karen jamás habría tenido contacto con él.

Pero no, claro, Luiz no era así. ¿Para qué se iba a molestar en dar explicaciones a nadie?

Mientras salía de la cafetería, Karen notó que la miraban. Era obvio que la gente de la ciudad sabía que Luiz y Jorge no se llevaban bien y el hecho de que la vieran tomando un café con el pintor iba a dar lugar a muchas especulaciones.

Cuando llegó a casa, Regina le reprochó que no la hubiera llevado con ella a la ciudad.

–No estabas por aquí. De lo contrario, te lo hubiera dicho –contestó Karen–. ¿Dónde estabas?

–Ayudando a Carlos a cambiar una rueda del Mercedes –contestó Regina–. Me viene muy bien aprender ese tipo de cosas porque me voy a sacar el carné de conducir el año que viene.

–Ya, claro, supongo que es por eso y no porque Carlos sea tan guapo –bromeó Karen.

–Es guapo, ¿verdad? –sonrió Regina–. No se lo digas a Luiz, por favor. Si se enterara de que me gusta, lo despediría. El año pasado cometí una estupidez –confesó–. Me enamoré de un hombre mayor que yo. Menos mal que Luiz se enteró y lo paró antes de que se convirtiera en algo más que una infatuación por mi parte.

Por cómo se lo había contado Regina, Karen se

dio cuenta de que probablemente Jorge Arroyo le había mentido vilmente.

La única manera de saberlo, era preguntárselo a su cuñada.

–Todos hacemos estupideces –la animó–. Lo mejor es olvidarse de ellas.

–Sería más fácil si no lo siguiera viendo –contestó Regina más tranquila–. ¿El niño ya te da patatas?

–Todavía no –rió Karen–. Es muy pronto.

–¿Me lo dirás en cuanto te las empiece a dar?

–Siempre y cuando no sea en mitad de la noche, sí –sonrió Karen.

Una vez a solas en su habitación, se acarició la tripa. El ginecólogo le había dicho que hasta las doce semanas el embarazo no empezaría a ser evidente y sólo estaba de siete semanas.

No pudo evitar preocuparse por cómo se iba a tomar Luiz los cambios que se iban a operar en su cuerpo. Ahora le gustaba porque era delgada y tenía los pechos firmes, pero, ¿qué pasaría cuando ya no fuera así?

Se quitó las manos de la tripa cuando la puerta se abrió.

–Pareces sorprendida –comentó Luiz con las cejas enarcadas.

–Estaba pensando en mis cosas –contestó Karen–. No sabía que estuvieras en casa.

–Sí, estaba en mi despacho, pero Regina me ha dicho que ya habías vuelto.

–Luiz, te quiero contar una cosa porque quiero que te enteres por mí y no por los demás –anunció

Karen–. Esta mañana he estado tomando un café con Jorge Arroyo.

Luiz apretó las mandíbulas.

–Te dije que...

–Ya sé lo que me dijiste –lo interrumpió Karen–. Ahora, también sé por qué no quieres que vea a ese hombre. Si me hubieras contado lo de tu hermana, lo habría entendido.

Luiz cerró la puerta.

–No tenía por qué explicarte mis motivos.

–En otras palabras, tendría que haberte obedecido sin cuestionármelo –protestó Karen–. Como ves, eso conmigo no sirve.

–Ya lo veo –contestó Luiz enfadado–. Supongo que te lo ha contado mi hermana.

–Me lo ha contado Regina, pero da la casualidad de que Jorge también me lo había contado.

–Seguro que te ha dicho que fue la víctima inocente de la infatuación de una chiquilla, ¿verdad? –sonrió Luiz.

–Más o menos, pero no lo he creído.

–Menos mal.

–No hace falta que te pongas sarcástico –se defendió Karen–. Prefiero ser sincera contigo porque Jorge Arroyo no me interesa lo más mínimo.

–¿Te has tomado un café con él única y exclusivamente para rebelarte?

–Sí –reconoció Karen echando los hombros hacia atrás–. Ya sé que es una estupidez, pero así ha sido.

–Te has equivocado, pero no pasa nada –dijo Luiz más tranquilo.

Cuando se acercó a ella, Karen no se movió. Le tomó el rostro entre las manos y le acarició el labio inferior con el pulgar.

–¿En paz?

–En paz –contestó Karen.

Lo cierto era que Karen no se encontraba en paz consigo misma. Para empezar, se arrepentía que le hubiera tocado la lotería que le había permitido viajar a Brasil porque durante ese viaje se había dejado llevar por el deseo y se había casado con un hombre al que no conocía de nada.

Ésa era la verdad. Se había dejado atrapar por una fantasía que ella misma se había inventado.

–¿Qué te pasa? –preguntó Luiz con el ceño fruncido.

Karen negó con la cabeza como diciéndole que no le pasaba nada. Se arrepintiera o no de lo que había hecho, lo cierto es que estaba casada. Teniendo en cuenta que su marido no creía en el divorcio, separarse de él, y más estando embarazada, era imposible.

–Echo de menos mi casa –contestó.

–¡Tu casa es ésta! –exclamó Luiz–. A Inglaterra irás sólo de visita –añadió besándola como sólo él sabía.

Al instante, Karen se sintió completamente excitada y se dijo que eso, por lo menos, no había cambiado y rezó para que nunca se terminara.

Una semana antes de Navidad, Luiz anunció que iban a ir a Brasilia a ver a su madre.

—Creía que no os llevabais bien —comentó Karen.

—Estuvimos un tiempo enfadados porque se volvió a casar inmediatamente después de la muerte de mi padre, pero ya nos hemos reconciliado —le explicó Luiz.

—¿La has perdonado?

Luiz se encogió de hombros.

—Es mi madre —contestó—. ¿Qué iba a hacer?

—¿Y qué tal te llevas con su nuevo marido?

—Bien, es un buen hombre. Viaja mucho, así que tal vez no coincidamos con él.

—¿Tu madre sabe que no soy brasileña?

—Sí.

Salieron hacia Brasilia al día siguiente y Karen se dio cuenta de que era la primera vez en varias semanas que salía del rancho.

Mientras iban hacia el aeropuerto, recordó su llegada, cuando todavía vivía en las nubes creyendo haber encontrado al amor de su vida.

Posiblemente, en el terreno físico, lo había encontrado, pero compartir una relación sexual fantástica con un hombre no era suficiente. Si no hubiera conocido a Luiz, ahora mismo se estaría despertando en su piso de Londres con Julie durmiendo en la habitación de al lado y el día entero para ella.

—Estás muy callada —comentó Luiz—. ¿Te encuentras mal?

—Un poco —mintió Karen.

—¿Quieres que pare?

—No, ya se me pasará.

–Tal vez, me he precipitado con este viaje. ¿Quieres que lo cancelemos?

–No, no podemos hacerle eso a tu madre en el último momento –contestó Karen aunque, en el fondo, le hubiera encantado–. Además, ya se me está pasando.

–Las mujeres sois muy fuertes –sonrió Luiz.

Karen, que ya estaba sufriendo náuseas por las mañanas, lo miró enfadada.

–No nos queda más remedio que serlo para aguantaros –le espetó.

–¡Menudo martirio! –rió Luiz.

Karen lo miró de reojo. Conocía aquel cuerpo a la perfección, pero se dio cuenta de que era prácticamente lo único que conocía de su marido.

–¿A que sí?

Luiz la miró, pero no dijo nada. Karen se imaginó que estaría pensando que estaba así de picajosa debido al embarazo y, tal vez, fuera así.

Estaba confusa y se sentía atrapada.

Cuando llegaron a casa de la madre de Luiz, Karen comprobó que se trataba de una increíble mansión rodeada de jardín y de una verja electrificada por la que accedieron después de haber hablado con un guardia de seguridad.

–¿A qué se dedica el marido de tu madre? –preguntó Karen con curiosidad.

–Es Ministro de Exteriores –contestó Luiz–. Mi madre lo conoció cuando vino a Brasilia a casa de unos amigos después de la muerte de mi padre. Se casaron en menos de un mes.

–De tal palo, tal astilla –murmuró Karen.

–¡No tiene nada que ver! –contestó Luiz enfadado.

–Claro que no –se disculpó Karen–. Lo nuestro fue completamente diferente.

–Me alegro de que te des cuenta.

Un mayordomo salió de la casa para ayudarlos con el equipaje mientras Luiz daba la vuelta al coche para abrirle la puerta a Karen y ayudarla a salir.

Estuvo a punto de decirle que el embarazo todavía no estaba avanzado y que no necesitaba ayuda, pero se calló. Lo cierto era que, a veces, estaba encantada de su próxima maternidad y otras, horrorizada.

Suponía que eran las hormonas.

Cristina Belsamo los estaba esperando. Teniendo en cuenta la edad de Luiz, aquella mujer debía tener más de cincuenta años, pero aparentaba cuarenta.

Era guapa y elegante, tenía el pelo negro y lo llevaba recogido y, aunque sonreía, se veía que lo hacía de manera forzada.

Saludó a su hijo en portugués y se dirigió a Karen en un inglés demasiado formal.

–Supongo que estarás cansada del viaje, así que vete a descansar antes de la cena.

Karen se dio cuenta de que aquello no era una sugerencia sino una orden.

–Gracias –contestó.

–Os han preparado la habitación azul –le dijo

Cristina a Luiz y añadió algo en portugués a toda velocidad.

Su hijo no contestó, pero indicó a Karen que lo siguiera. De alguna manera, Karen se dio cuenta de que ocurría algo.

Al llegar a la habitación que les habían indicado, Karen observó que no había cama de matrimonio sino dos camas separadas y pensó que era la sutil forma de la madre de Luiz de dejar claro que no estaba de acuerdo con su matrimonio.

Tras deshacer el equipaje, Luiz le anunció que su madre quería hablar con él y Karen pensó que era para expresarle su desacuerdo cara a cara.

Cuando volvió, Luiz parecía molesto y Karen no se te atrevió a preguntar nada. Si en aquella casa se cenaba a la misma hora que en Guavada, todavía tenían dos horas libres y a Karen se le ocurrió una forma muy placentera de pasarlas.

Luiz sonrió al leer el mensaje en sus ojos.

—¡Eres una mujer increíble! —sonrió.

—¿Para ser inglesa? —murmuró abrazándolo.

—¡Para ser de cualquier nacionalidad!

Como de costumbre, hicieron el amor de manera maravillosa, pero como de costumbre Karen tuvo la sensación de que lo que Luiz sentía por ella no era amor sino posesión.

Estuvieron tres días en Brasilia, pero a Karen se le hicieron tres meses. Cristina era educada, pero era obvio que creía que su hijo se había precipitado a la hora de elegir esposa.

El último día, Luiz le dijo que tenía que ocuparse de unos asuntos y Karen se quedó leyendo tranquilamente en casa de su madre, que también había salido.

Cuando llegó la hora de comer, Karen rezó para que Luiz volviera, pero no fue así y se vio obligada a comer con su suegra.

La conversación entre ellas fue mínima y el ambiente muy desagradable. Hasta que Karen ya no pudo más.

—Ya sé que desapruebas completamente que tu hijo me haya elegido como su esposa —le dijo a su suegra—, pero debes aceptarlo.

—¡Jamás! —contestó Cristina—. ¡Lo ha hecho para vengarse de mí!

—¿Por qué dices eso? —dijo Karen sorprendida.

—Me quiere castigar por haberme casado después de muerto su padre.

—¡Luiz nunca haría eso! —exclamó Karen.

—¿Te crees que conoces a mi hijo mejor que yo? —le espetó Cristina—. Te queda mucho por aprender. Podría haber elegido a muchas mujeres que hubieran llevado nuestro apellido con dignidad y no lo ha hecho. ¿Por qué iba a ser sino para vengarse de mí?

—Luiz me ha dicho que su padre murió hace ya muchos años —contestó Karen—. ¿Por qué iba a esperar tanto?

—Porque primero tenía que encontrar alguien que le gustara físicamente —rió Cristina.

Karen se dijo que podría ser cierto. Era consciente de que Luiz no la amaba, al menos no como ella quería.

Claro que ella tampoco lo quería.

«Claro que lo quieres», susurró una voz en su cerebro. «¡Deja de fingir!»

Karen tragó saliva.

—Cree lo que quieras, pero el hecho es que soy la mujer de Luiz y que voy a tener un hijo con él, que va a ser tu primer nieto.

—¿Eso crees? —se burló Cristina—. Ya te he dicho que te queda mucho por aprender.

—¿Por qué lo dices? —preguntó Karen confusa.

Cristina dudó, pero acabó encogiéndose de hombros.

—Te ha dicho que tenía que ocuparse de un asunto, ¿verdad? Y seguramente tú creerás que se trata de algún negocio, pero no es así. Luiz ha ido a visitar a su hijo.

Karen se quedó mirando a su suegra con la boca abierta.

—Mentira —murmuró al cabo un rato.

—¿Por qué iba a mentir? ¿Te crees que estoy orgullosa de tener un nieto bastardo?

—¿Y por qué no se ha casado Luiz con la madre del niño?

—Porque no es de nuestra clase social —contestó Cristina con desprecio—. No quiero seguir hablando de este tema —añadió—. En cualquier caso, quiero que sepas que Luiz se ocupa del niño como es debido.

Karen se preguntó si se ocuparía también de la

madre y sintió un profundo dolor en el pecho. De alguna manera, consiguió ponerse en pie a pesar de que le temblaban las piernas.

–Voy a acostarme un rato.

–Si eres una mujer inteligente, no le comentarás nada de esto a tu marido –le aconsejo Cristina.

«Si fuera una mujer inteligente, no estaría pasando por lo que estoy pasando», pensó Karen.

Al llegar a su habitación, se tumbó en la cama y se tocó la tripa. Después de todo, no iba a tener al primer hijo de Luiz. Luiz ya tenía otro hijo con otra mujer, con otra mujer con la que, tal vez, estuviera ahora mismo en otra cama.

El dolor era insoportable, pero al final Karen se quedó dormida. Se despertó cuando Luiz entró en la habitación.

–¿Te encuentras mal? –le preguntó preocupado.

–Estoy un poco cansada –contestó Karen intentando mantener la calma–. ¿Qué hora es?

–Las cinco y diez –contestó Luiz–. Siento mucho haber vuelto tan tarde.

Había llegado el momento de las acusaciones, pero a Karen no le salían las palabras.

–¿Has estado muy ocupado?

–Sí –contestó Luiz–. Le he dicho a mi madre que nos vamos mañana por la mañana.

–Muy bien –contestó Karen fingiendo un bostezo–. ¿Te importa si sigo durmiendo un rato más?

–Estás pálida –observó Luiz acercándose a la cama y dándole un beso en la frente–. ¿Estás segura de que no te pasa nada?

Otra oportunidad, pero Karen no tenía fuerzas. Cuando Luiz le acarició la mejilla, se tensó pues, a pesar de lo que sabía, la respuesta física ante sus caricias seguía siendo la misma.

Lo seguía deseando como la primera vez. Seguro que tenía el mismo efecto sobre la madre de su hijo.

—Sólo estoy cansada —repitió.

—Descansa entonces —contestó Luiz poniéndose en pie—. Me cambiaré en otra habitación para no molestarte.

Karen lo observó mientras recogía la ropa que necesitaba y suspiró aliviada cuando se fue. Debería haberle preguntado si lo que le había contado Cristina era cierto, pero no había tenido valor porque no quería oír de labios de Luiz que sí, que tenía un hijo con otra mujer.

Obviamente, Cristina no iba a confesar su propia traición, así que ¿para qué meter el dedo en la llaga? Por el bien del hijo que iba a tener, debía olvidarse de aquel asunto.

Capítulo 9

EL VIAJE de regreso a Guavada transcurrió en silencio. Luiz intentó mantener diferentes conversaciones y, al ver que no era posible, acabó estallando.

–¿Llevas tan mal el embarazo que ni siquiera te apetece hablar? –le espetó en el coche–. Acepto, como acepté anoche, que puedas estar muy cansada para hacer el amor, pero te exijo que tengas fuerzas para hablar.

–No me parecía que lo que estuvieras diciendo necesitara una contestación por mi parte –le espetó Karen.

–Yo creo que ni siquiera sabes lo que estaba diciendo. Lo cierto es que estás muy rara.

–Soy una mujer, ya sabes que somos de una especie rara y que a los hombres no os queda más remedio que aprender a vivir con nosotras.

–No me vengas con ésas –contestó Luiz–. Si tienes algún problema, si te he hecho daño, quiero que me lo digas.

Karen estuvo a punto de soltarlo todo, pero se contuvo.

–¿Qué me ibas a hacer tú? –sonrió–. Me das

todo lo que una mujer podría desear –añadió forzándose a acariciarle la pierna–. Perdona por ser tan gruñona.

–Estás perdonada, pero que no vuelva a suceder –contestó Luiz.

Karen tuvo que hacer un esfuerzo para mantener la boca cerrada. Era el momento perfecto para decírselo todo, pero, ¿qué lograría con ello?

Podía pedirle que dejara de ver al niño y a su madre, pero no creía que Luiz fuera a acceder.

Lo que más le dolía no era que no fuera a ser la madre del primogénito de aquel hombre sino que su marido pudiera seguir manteniendo una relación amorosa con la otra mujer.

Por eso precisamente lo había rechazado la noche anterior, porque se lo imaginaba en brazos de otra y no podía soportarlo. Lo que no sabía era qué excusa iba a poner aquella noche.

Cuando llegaron a Guavada, el sol se estaba poniendo. Regina los recibió con su entusiasmo habitual y le dijo a Karen que la había echado mucho de menos.

–¿Qué tal con mi madre? –le preguntó una vez a solas.

Karen sopesó la respuesta.

–No creo que lleguemos nunca a ser buenas amigas –contestó por fin.

–Me lo temía –se lamentó Regina–. Hace años que ya había elegido a la mujer ideal para Luiz, pero mi hermano nunca le ha hecho caso en ese aspecto. No dejes que su rechazo te duela, te aseguro que se habría mostrado igual con cualquier mujer que mi hermano hubiera elegido.

Karen pensó que, en aquellos momentos, la opinión que de ella tuviera su suegra le importaba muy poco pues tenía cosas muchos más graves en las que pensar.

Después de cenar, salió al porche a respirar aire fresco pues las preocupaciones la ahogaban. Se sentó en un balancín y se quedó mirando la luna.

Lo cierto era que aquel lugar le encantaba y que, si no fuera por lo que sabía, podría considerarlo su hogar. Si no estuviera realmente enamorado de Luiz, lo que su suegra le había contado no le dolería.

La gran pregunta era cómo iba a soportar aquel dolor.

—He hablado con Cristina y me ha dicho que sabes lo del niño —dijo Beatriz saliendo al porche.

Karen no se molestó en girarse hacia ella.

—Sí, sé lo del niño.

—¿Se lo vas a decir a Luiz? —preguntó Beatriz.

—No veo razón para hacerlo —contestó Karen—. Todo eso sucedió antes de que yo lo conociera.

—Eres una mujer muy tolerante, mucho más de lo que yo lo sería en tu lugar —comentó su cuñada en un tono casi solidario.

—Somos muy diferentes —contestó Karen sin fiarse de ella ni por un momento—. Tú ocúpate de tu matrimonio y déjame a mí que me ocupe del mío.

—Mi matrimonio no corre ningún tipo de riesgo,

pero el tuyo depende de tu belleza. Luiz es un hombre al que le importa muchísimo la belleza y, si la pierdes, dejará de estar interesado en ti.

Beatriz no le estaba diciendo nada que ella no hubiera sospechado ya. Si no hubiera sido guapa, para empezar, Luiz ni siquiera se habría fijado en ella en Río.

Beatriz volvió a meterse en casa y la dejó a solas, pensando en el horrible futuro que tenía ante sí. Estaba tan ensimismada en sus pensamientos que, al principio, no se dio cuenta del dolor en las lumbares.

Cuando se percató, se cambió de postura, pero el dolor no desapareció sino que aumentó y se le extendió al abdomen.

—¡Estás aquí! —exclamó Luiz—. Estaba empezando a... ¿qué te pasa?

—El niño —contestó Karen apretando los dientes—. ¡Estoy perdiendo el niño!

A partir de entonces, las cosas sucedieron muy rápido. Luiz la tomó en brazos y la metió en casa, llamó a una ambulancia y la llevaron al hospital, donde intentaron en vano salvar al bebé.

Karen sufrió todo el proceso en silencio pues la pérdida era demasiado profunda como para hablar. Sabía que Luiz estaba a su lado, pero no encontró consuelo en ello.

Cuando se despertó, allí estaba.

—Lo siento —le dijo.

Luiz le tomó la mano y se la besó.

—Si alguien es culpable, soy yo por haber insistido en que hiciéramos un viaje que no era necesario.

—¿Te han dicho eso los médicos?

—No, me han dicho que es algo que pasa muy a menudo y que no tiene una razón concreta. También me han dicho que podrás tener otros hijos.

—Entonces, lo volveremos a intentar.

—Pero no inmediatamente. Tienes que descansar.

—Está bien —contestó Karen—, pero me quiero ir de aquí.

La Navidad llegó y se fue con mucha tranquilidad. Aunque había sufrido el aborto apenas dos semanas antes, Karen insistió en que las celebrasen.

La barbacoa que se hacía en Guavada el día de fin de año era famosa porque empezaba a mediodía y no terminaba hasta la noche.

Ni siquiera la tormenta de verano de una hora de duración ahogó el espíritu de fiesta. Cuando terminó la lluvia, Luiz se hizo cargo de una de las barbacoas y Karen lo observó mientras sacaba carne para toda la gente que esperaba en la fila.

Aunque había sufrido mucho con el aborto, había dado muestras de una increíble entereza en aquellos días y a Karen todavía le resultaba difícil asimilar cómo era su marido en realidad pues no tenía nada que ver con las apariencias.

—El jefe cocina muy bien —dijo una voz que no reconoció a sus espaldas.

Karen se giró con una gran sonrisa y se encontró con un joven que la miraba con ojos atrevidos. A juzgar por cómo iba vestido, decidió que era un empleado del rancho.

Era joven y guapo, pero demasiado descarado.

–Sí –contestó Karen–. ¿Trabaja para él?

–Sí, me llamo Lucio Fernandas. Es usted más guapa al natural de lo que dicen. Luiz es un hombre muy afortunado.

A pesar de que Karen no entendía completamente portugués, sí fue capaz de traducir aquellas palabras, que eran inofensivas en sí mismas, pero no acompañadas de aquella penetrante mirada.

Dona Ferrez acudió en su rescate y se la llevó.

–¿Qué te estaba diciendo? –le preguntó.

–Nada importante –contestó Karen no queriendo dar importancia al episodio.

–A Luiz no le gustaría que hablaras con ese hombre.

–Entonces, será mejor que no se entere. ¿Tú crees que sería de mala educación por mi parte irme a dormir la siesta?

–Por supuesto que no –le aseguró Dona–. No debes cansarte. Ya se lo digo yo a tu marido.

Karen se giró hacia la casa mientras Dona iba hacia las barbacoas y casi se choca con Beatriz. Su cuñada la miraba con los ojos entornados, como si estuviera tramando algo, pero Karen se dijo que le daba igual, que lo único que ella quería en aquellos momentos era dormir un rato.

Se despertó al sentir unos labios en la boca.

–He venido a despertarte porque creo que ya iba siendo hora –sonrió Luiz.

–¿Cuánto tiempo he estado durmiendo?

–Casi dos horas –contestó Luiz–. Algunos invitados ya se han ido, pero otros se van a quedar a pasar el día. ¿Tienes fuerzas para aguantarlos o prefieres que les diga que se vayan?

–Ni se te ocurra –dijo Karen poniéndose en pie–. Dame un cuarto de hora para cambiarme de ropa y ahora mismo bajo.

–¿Estás segura?

–Sí –mintió Karen.

Luiz la tomó en brazos y la apretó contra su cuerpo.

–Habrá otros bebés –la consoló–. No hay prisa. Por ahora, nos tenemos el uno al otro.

Hasta que le apeteciera ir a visitar a la otra mujer, que sí que le había dado un hijo.

Cuando el último invitado se fue eran ya las diez de la noche y hasta Regina estaba cansada.

Karen dejó a Luiz tomando una copa con su hermano y se dispuso a ir a su habitación, pero Beatriz la siguió.

–Te he visto esta tarde con Lucio Fernandas –la acusó–. Los demás, también. Has tenido suerte de que Luiz no se enterara.

–¿Por qué? ¿No se puede hablar con los empleados del rancho?

–No se puede ligar con ellos.

–Gracias por preocuparte por mí –contestó Karen siguiendo su camino pues no le apetecía discutir con aquella mujer.

Cuando Luiz subió a acostarse, Karen lo observó mientras se desnudaba y lo deseó al instante. En cuanto se metió en la cama, lo abrazó y consiguió excitación rápidamente.

A pesar de que los dos estaban deseando hacer el amor, pues llevaban varios días controlándose, Luiz tomó la precaución de ponerse un preservativo.

Karen no protestó. Lo último que le apetecía era volverse a quedar embarazada.

Mientras Luiz dormía, Karen pensó en la mujer que sólo tenía aquello de vez en cuando y sintió lástima por ella, pensó en el niño que sólo veía a su padre de vez en cuando y cerró los ojos con fuerza.

Ella no tenía todo lo que quería, pero tenía mucho. ¿Iba a ser capaz de negárselo a los demás?

Los días fueron pasando. Llegó el cumpleaños de Regina el trece de enero y Luiz le regaló un pequeño descapotable que Karen le enseñó a conducir.

La vida volvió a ser la misma que antes del viaje a Brasilia. Una buena vida en casi todos los aspectos. Si Beatriz no viviera allí, sería incluso posible aceptar la situación, pero su cuñada no perdía oportunidad de recordarle lo que ambas sabían.

Solía acusarla de no tener dignidad por seguir casada con un hombre que tenía una doble vida y la atemorizaba diciéndole que Luiz realmente no la quería.

Karen no lo creía así, pero le dolía oírlo. Cuando ya no podía más, pensaba que tal vez Beatriz tuviera razón, que no tenía dignidad y, entonces, se decía que todavía tenía suficiente dinero como para pagar un billete de vuelta a Inglaterra.

Bastó con que su cuñada le enseñara la fotografía de la madre y del niño para que las cosas se precipitaran. Karen había sospechado que iba a tratarse de una mujer guapa, pero no esperaba que fuera una adolescente que no debía de tener más de dieciséis años cuando se quedó embarazada.

Se preguntó cómo podía haber hecho Luiz una cosa así y, por lógica, se preguntó cómo iba a poder ella seguir viviendo con un hombre capaz de hacer aquello.

Aquella mañana, Luiz se fue pronto y no la despertó. Desesperada por huir de allí, Karen metió unas cuantas cosas en una maleta y el pasaporte en el bolso. No sabía qué iba a hacer al llegar Inglaterra, pero eso en aquellos momentos le daba igual.

Beatriz no estaba, Regina se había ido a ver a una amiga y Raymundo también había salido. Tomó el coche con el que había aprendido a conducir y abandonó la casa que había sido su hogar durante aquellos meses porque aquella vida había terminado para ella.

El trayecto hasta Sao Paulo se le hizo interminable y, cuando llegó al aeropuerto de Congonhas, le dijeron que desde allí sólo había vuelos nacionales. Eso quería decir que tenía que cruzar la ciudad para ir al aeropuerto internacional.

Una amable azafata consultó los vuelos a Londres y le dijo que, desde Sao Paulo, no había sitio hasta dentro de tres semanas, pero también le dijo que había un vuelo a las siete desde Río de Janeiro y que, si tomaba el vuelo que salía en aquel momento, podría hacer el enlace sin problema.

Completamente desesperada, Karen pagó ambos billetes con la tarjeta de Luiz. El primer vuelo fue espantoso pues iba lleno de niños que no paraban de gritar. Karen cerró los ojos y comenzó a pensar detenidamente en lo que había hecho.

Luiz no iba a permitir que se fuera así como así. Era su esposa, su propiedad. La encontraría allí donde fuera, no había duda.

«¡Pues que lo haga!», se dijo con decisión.

Cuando estuviera en su país, nada ni nadie la podría obligar a volver con su marido y, si él no se quería divorciar de ella, sería ella la que se divorciaría de él.

Mientras pensaba en sus cosas, se dio cuenta de que el pasajero que volaba a su lado se levantaba para cederle el sitio a otro y supuso que había sido un error.

—¡Qué suerte la mía! —declaró el recién llegado.

Karen abrió los ojos y reconoció a Lucio Fernandas.

—¿Qué hace usted aquí? —le preguntó estupefacta.

—Voy a Río, como usted —contestó el joven muy sonriente—. Tengo dinero, mucho dinero, nos lo podríamos pasar muy bien juntos.

–¡Ni en sueños! –contestó Karen.

Acto seguido, Lucio Fernandas se levantó y volvió a su asiento inicial.

Karen se puso a mirar por la ventana y se preguntó cuánto cobraría aquel hombre para poderse permitir unas vacaciones en una de las ciudades más caras del mundo.

Se dijo que no era asunto suyo y se puso a pensar en lo que iba a hacer al llegar a Londres. Lo primero, sería encontrar una casa y pensó en pedirle ayuda a Julie.

De repente, pensó que lo mejor sería dar la vuelta y hablar con Luiz sinceramente, pero ya era demasiado tarde. Había tomado una decisión y tenía que seguir adelante.

Cuando aterrizaron, tuvo mucho cuidado de no acercarse a Lucio Fernandas. Varios autobuses salían hacia el aeropuerto internacional, pero ella prefería ir en taxi.

Todavía quedaban dos horas y media para que saliera su vuelo con destino a Londres, así que tenía tiempo de sobra.

Cuando salió de la terminal, comprobó que había mucho tráfico. A lo lejos, vio unos coches amarillos y supuso que eran los taxis que iban al aeropuerto.

«Si corro un poco...», pensó.

Capítulo 10

KAREN miró la hora que era mientras guardaba la fotografía en el cajón donde la había encontrado.

Estaba confusa.

El dinero del que había fanfarroneado Lucio Fernandas sólo podía provenir de Beatriz. Su cuñada había mandado al joven a buscarla para dar credibilidad a la historia que le había contado a Luiz.

Era obvio que lo tenía todo planeado. Para empezar, había contado con el efecto que enseñarle la fotografía a Karen iba a tener sobre ella.

Era imposible que supiera que iba a despegar desde Río, eso debía de haber sido idea del propio Lucio.

En aquellos momentos, Luiz debía de estar con su amante. El niño ya estaría en la cama y podrían recuperar el tiempo perdido desde que no se habían visto varias semanas atrás.

Karen estaba de nuevo como al principio, como antes de irse, pero no sabía qué hacer.

Cuando salió del despacho de su marido, no vio a Beatriz. No quería ver a nadie, eso era lo cierto, así que se fue a su habitación.

Cuando vio la cama que había compartido con Luiz aquella semanas, no pudo soportarlo más. Recordó cómo le había suplicado que le hiciera el amor aquella noche y se avergonzó.

¡Una cosa era sufrir aquella desilusión una vez, pero dos era insoportable!

–¿Te encuentras mal? –le preguntó Regina, que la estaba buscando.

–Sólo un poco cansada –contestó Karen.

–¿Será que estás embarazada otra vez? –dijo su cuñada entusiasmada.

–¡No! –le espetó Karen–. Lo dudo mucho –añadió más tranquila al ver la cara de estupefacción de la joven–. ¿Te importaría traerme un par de aspirinas?

Regina fue al baño rápidamente y volvió con las pastillas y un vaso de agua.

–Si necesitas algo más, sólo tienes que decírmelo –le dijo solícita.

–Ya lo sé –sonrió Karen–. Gracias.

Era cierto que le dolía la cabeza, pero Karen sospechaba que las aspirinas no le iban a hacer ningún efecto. De nuevo a solas, intentó tomar una decisión, pero no pudo, así que se dijo que Luiz iba a estar fuera un par de días todavía y que no había prisa.

Pasó una mala noche y se despertó con los párpados hinchados y deprimida. No tenía hambre, pero decidió bajar a desayunar para que Regina no se preocupara.

Los demás ya estaban en el comedor. Beatriz

estaba inusualmente nerviosa. Karen pensó que, probablemente, se debía a que se había dado cuenta de que se había pasado de la raya.

Su cuñada debía de saber que, cuando Luiz se enterara de que había mentido sobre Lucio Fernandas, no iba a tener piedad con ella.

Entonces, se dio cuenta de que, tal vez, su marido no la creyera pues al fin y al cabo no tenía ninguna prueba de que Beatriz hubiera planeado todo aquello.

–Eres una mala persona, ¿lo sabías? –le dijo a su cuñada una vez a solas–. Además, también eres tonta. Si hubieras dejado las cosas tal y como estaban, puede que nunca me hubiera dado cuenta de lo que eres capaz.

–Admito que fue un error –contestó Beatriz sin inmutarse–, pero el hecho de que hayas recuperado la memoria no cambia nada. Que Lucio fuera en el mismo avión que tú es suficiente para condenarte.

–No si puedo probar que tú le pagaste para que me siguiera –le espetó Karen.

–¿Y cómo lo vas a hacer? –sonrió Beatriz.

–Luiz ha contratado a un detective para que lo busque –contestó Karen.

–A ver si lo encuentra –contestó Beatriz–. Ahora mismo, lo que te debería preocupar es que Luiz te ha estado mintiendo todos estos meses. ¿Qué se siente sabiendo que en estos momentos está con Margarita y con Maurice?

«Me siento como si me atravesaran el corazón con una espada», pensó Karen.

—Eso no es asunto tuyo —contestó sin embargo—. Ya me ocuparé yo de ese tema cuando llegue el momento, pero te aseguro que de ti se va a ocupar Luiz.

—¿De verdad crees que decirle a Luiz que has recuperado la memoria te va a servir de algo?

Lo cierto era que no le iba a servir de nada en absoluto pues seguía siendo su palabra contra la de Beatriz. Los hechos eran que Lucio Fernandas y ella iban en el mismo avión y que, tal vez, aquel hombre mintiera cuando le preguntaran.

—¿Por qué no dejas las cosas tal y como están? —insistió Beatriz viéndola dudar—. ¿Crees que Luiz te va a apartar de su lado por Margarita y su hijo? Tú llevas su apellido, que es lo que importa.

—Es lo que les importa a las mujeres como tú —contestó Karen.

—Es lo que le importa a cualquier mujer —dijo Beatriz—. Puede que, con el tiempo, lleguemos a ser amigas. Piénsalo.

Dicho aquello, se fue antes de que a Karen le diera tiempo de contestar. Claro que su respuesta estaba clara. ¡Confiaría antes en una serpiente de cascabel!

El día se le hizo interminable.

Regina se ponía cada vez más nerviosa porque Miran no llamaba y a Karen cada vez le daba más pereza ir a hablar con el joven.

Después de comer, salió de casa sin decírselo a nadie. Miran la estaba esperando en una esquina de la plaza de La Santa y se subió al coche a toda velocidad indicándole que siguiera conduciendo.

–Gracias por venir –le aseguró–. Estoy preocupado porque creo que Regina se ha tomado mis atenciones como algo más de lo que eran en realidad.

–¿Por qué dices eso? –preguntó Karen con cautela.

–Por las cosas que me dijo ayer a la hora de comer. Me contó tu historia con Luiz, cómo os conocisteis, que os enamorasteis inmediatamente, y me dijo que a su hermano no le importaría que a nosotros nos pasara lo mismo –contestó Miran levantando las manos–. Yo no le he dado pie a que crea esas cosas, de verdad.

–La otra noche, le hiciste mucho caso –le recordó Karen.

–Como hubiera hecho con cualquier chica guapa –protestó él–. ¿Crees que habrá hablado ya con Luiz? –añadió nervioso.

–Luiz está en Brasilia, así que no sabe nada de esto –le aseguró Karen–. En el futuro, ten más cuidado con lo que les dices a las chicas. En cualquier caso, tendrías que haber hablado con Regina ayer.

–No me atreví.

–Podrías haberle sacado de su error con palabras amables en lugar de confiar en que lo haga yo por ti porque eso es lo que quieres, ¿verdad?

–Creo que lo mejor es que se lo diga alguien que la pueda consolar –contestó Miran.

–Mejor para ti, claro –comentó Karen–. Te pido encarecidamente que vuelvas a Sao Paulo hoy mismo. Seguro que serás capaz de inventar una excusa.

–Está bien –accedió el joven mirándola con expresión inequívoca–. Tú sí que eres guapa.

Karen hizo oídos sordos.

–Creo que ya hemos hablado todo lo que teníamos que hablar.

Karen dejó a Miran en la misma plaza donde lo había recogido y se dijo que Regina iba a sufrir cuando no recibiera su llamada, pero que se repondría pronto del golpe, exactamente igual que le habría ocurrido a ella si hubiera tenido el sentido común de abandonar a Luiz y de volver Inglaterra.

Cuando volvió a casa, eran casi las cinco de la tarde y se llevó una buena sorpresa al ver a su marido bajando las escaleras hacia ella.

–Te has quedado como si hubieras visto un fantasma –comentó Luiz.

–No esperaba verte hasta dentro de un par de días –consiguió contestar Karen.

–Terminé en Brasilia antes de lo previsto. He llegado hace una hora. ¿Dónde estabas?

–Dando una vuelta en coche. Si hubiera sabido que ibas a venir antes, habría estado en casa.

–¿Y me quedo sin beso de bienvenida ahora?

Karen se acercó a él y lo besó algo tensa.

–Me parece que tenemos que hablar –dijo Luiz mirándola con las cejas enarcadas.

–¿De qué?

–De Miran Villota. Te pido perdón por creer que te gustaba, pero es que vi que lo mirabas durante la cena y luego lo defendiste cuando hablamos de él en la habitación –contestó Luiz abrazándola con fuerza–. ¡No podría soportar que te gustara otro hombre!

«Pero te parece maravilloso que a ti te guste otra mujer», pensó Karen.

Debería haberlo llamado hipócrita allí mismo, pero no pudo porque, pesar de todo, seguía teniendo un inmenso poder sobre ella. Con sólo estar cerca de él, lo deseaba.

–Miran Villota no me interesa en absoluto –declaró sinceramente.

–Lo sé –contestó Luiz besándola de nuevo.

Era obvio que se quería acostar con ella, pero iba a tener que esperar. Eso le daba a Karen cinco o seis horas para decidir qué hacer. Tenía dos opciones: enfrentarse a él con la verdad por delante u olvidarse de todo, tal y como había dicho Beatriz.

La velada se hizo interminable. Regina estaba triste y abatida porque Miran no la había llamado y, en cuanto pudo quedarse un momento a solas con ella, le preguntó a Karen qué debía hacer.

–Yo creo que deberías esperar a ver qué pasa –le aconsejó Karen.

–¿Crees que me he precipitado? –le preguntó Regina con tristeza–. Quizás, he creído que su interés en mí era más del que realmente era.

–Es posible, sí –contestó Karen con infinita pena–. No debes fiarte de los hombres como Miran.

–¡Pero fue encantador conmigo! –estalló Regina–. Si no sentía nada por mí, ¿por qué no me lo dijo?

–Seguro que sentía algo por ti.

–Pero no fue suficiente –dijo Regina con lágrimas en los ojos–. ¿Por qué no me dejó claro que no iba en serio?

–Tal vez, no quiso hacerte daño –murmuró Karen.

–El dolor hubiera sido el mismo entonces que ahora –se lamentó Regina–. ¡Jamás volveré a confiar en un hombre!

–No todos son iguales –la consoló Karen deseando poder creerlo ella también–. Tienes todo el tiempo del mundo para encontrar al hombre de tu vida.

Creyendo que Luiz estaba hablando con Raymundo, se sorprendió sobremanera al levantar la mirada y ver que las estaba observando.

Obviamente, iba a querer saber qué era lo que le sucedía a su hermana, pero Karen decidió que no se lo iba a decir porque Regina se sentiría todavía más mortificada.

Para colmo, su cuñada apenas probó la cena y dijo que estaba cansada para retirarse a su habitación mucho antes de lo normal.

Karen pensó en ir tras ella para consolarla, pero se dijo que era mejor dejarla a solas con su dolor.

Además, ella tenía sus propios problemas y todavía no había tomado una decisión.

Cuando Luiz le preguntó si se quería ir a la cama, sintió que el mundo se tambaleaba bajo sus pies.

–¿Qué le pasaba a Regina? –le preguntó mientras subían las escaleras.

–Nada, cosas de mujeres –comentó Karen.

–¿Algo que ver con Miran Villota?

–Creía que era yo la que estaba interesada en él.

–Ya te he pedido perdón por ese error –contestó Luiz–. No hace falta que me lo recuerdes. Espero que lo que haya hecho mi hermana no tenga graves consecuencias.

–Por supuesto que no –aseguró Karen–. Regina jamás iría tan lejos.

–Puede suceder –dijo Luiz abriendo la puerta de su habitación–. Creía que mi hermana había aprendido a ser un poco más selectiva.

Karen se dio cuenta de que se estaba refiriendo a su aventura con Jorge Arroyo.

–¿Pasas tú primero al baño? –le preguntó su marido desabrochándose la camisa.

Karen siempre se duchaba antes de meterse en la cama, así que decidió hacerlo también aquella noche porque, además, así retrasaba el momento de lo inevitable.

No sabía qué hacer. No le podía pedir a Luiz que dejara de ver a su hijo, pero sí le podía pedir que dejara la relación sexual que pudiera tener con la madre. En cualquier caso, no tenía pruebas de que esa relación existiera.

Se estaba duchando cuando Luiz abrió la puerta del baño y se metió en la ducha con ella, pasándole los brazos por la cintura hasta agarrarle los pechos y comenzar a juguetear con sus pezones.

–Se me estaba haciendo muy larga la ausencia –le dijo al oído–. Ya no podía esperar más –añadió metiéndole una mano entre las piernas–. No puedo vivir sin ti, ninguna otra mujer se te puede comparar.

Si no hubiera sido por aquello último, Karen hubiera sucumbido. Sin embargo, se tensó y se apartó de él.

–¿No se te ha ocurrido nunca pensar que a veces no me apetece? ¿Es que acaso las mujeres siempre tenemos que estar excitadas?

Luiz se quedó mirándola confuso durante unos segundos y, a continuación, salió de la ducha como si lo hubiera abofeteado. Karen sintió que le temblaban las piernas. Le había dado donde más le dolía, pero no sentía ninguna satisfacción por ello.

Cuando volvió a la habitación envuelta en su albornoz, Luiz la estaba esperando sentado en una butaca.

–No tienes nada que temer –se burló al ver que se había tapado–. No pienso obligarte a cumplir con tus obligaciones maritales.

–Nunca se me ha pasado por la cabeza que fueras capaz de hacerlo –contestó Karen–, pero quiero que sepas que tengo derecho a negarme a veces.

–Tienes derecho a negarte siempre que quieras, pero hay maneras y maneras de hacerlo...

–¿Te refieres a maneras que no minen tu orgullo? –le espetó Karen–. ¿Por qué es más importante tu dignidad que la mía?

Luiz se quedó mirándola con los ojos entornados.

–Creo que aquí hay algo más que una falta de

deseo. A ti te ha pasado algo mientras yo he estado fuera.

Había llegado el momento.

—Tal vez, me he dado cuenta de que estar casada contigo no es un camino de rosas.

—Antes nunca te habías quejado —le recordó Luiz—. Al contrario.

—Antes era antes y ahora es ahora —contestó Karen—. ¡Quiero acabar con esto! —estalló.

Luiz se puso en pie rápidamente, la abrazó y la besó con fuerza.

—¡Jamás te concederé el divorcio! —le avisó.

—¿Ni siquiera si fuera verdad que tuve una aventura con Lucio Fernandas?

—Ni siquiera entonces —contestó Luiz—. Casándote conmigo, firmaste un contrato en el que no había ninguna cláusula de escape.

Dicho aquello, se apartó de ella y se fue a la habitación de al lado. Karen lo observó irse y se dijo que ya no había marcha atrás. Había tomado una decisión e iba a tener que vivir con ella.

A la mañana siguiente, Regina parecía mucho más contenta y Karen se dijo que las jóvenes siempre tardaban menos tiempo en recuperarse de los episodios amargos.

Luiz no bajó a desayunar y Karen se fue al porche después de hacerlo, pero Raymundo la siguió.

—¿Te has peleado con Luiz? —le preguntó preocupado.

–Más o menos –contestó Karen.

–Mi hermano puede resultar a veces demasiado duro.

–Yo también –reconoció Karen pensando en lo que le había dicho la noche anterior.

–Si Luiz hubiera querido una mujer sin carácter, se habría casado con ella –la consoló Raymundo–. Te quiere tal y como eres. Ojalá... –se interrumpió incómodo–. Me tengo que ir. Seguro que pronto haréis las paces.

Mientras Raymundo volvía a casa, Karen pensó que su vida marital era un desastre. Beatriz lo trataba fatal y, aunque era culpa de Raymundo por permitírselo, Karen se dijo que cuando uno está enamorado no tiene voluntad propia.

Luiz tampoco apareció a la hora de la comida. Karen salió a pasear con los perros y se retiró a su habitación con la excusa de dormir una siesta aunque no estaba cansada.

Intentó leer, pero no pudo concentrarse. Al final, se sentó y esperó a que Luiz volviera. Tendría que regresar algún día.

Por fin, apareció poco antes de cenar y fue directamente a buscarla.

–¡Así que no tenías ningún interés en Miran! –gritó–. ¡No lo niegues! ¡Os vieron juntos ayer en La Santa!

–No tengo ninguna intención de negarlo –contestó Karen con resignación–. No estuvimos juntos más de un cuarto de hora.

–Suficiente.

–No para lo que tú estás pensando –contestó Karen poniéndose en pie–. No quería contártelo, pero no me queda más remedio. Miran me llamó porque quería hablar conmigo sobre Regina ya que temía que tu hermana se hubiera tomado demasiado en serio el interés que había mostrado por ella y no sabía qué hacer.

–¿Esperas que me crea eso?

–Es la verdad –le aseguró Karen–. Tu hermana estaba anoche así porque no la había llamado. No quise contártelo porque me pareció mejor dejar las cosas tal y como estaban ya que Miran ha vuelto ya a Sao Paulo y tu hermana no lo va a volver a ver.

–¿Esperas que me lo crea? –insistió Luiz.

–La verdad es que no –contestó Karen empezando a perder la paciencia–. Crees que tuve una aventura con Lucio Fernandas, así que, ¿por qué me ibas a creer ahora? Por cierto, esta mañana he estado hablando unos minutos a solas con tu hermano. Quizás, también me guste Raymundo.

–¡Basta!

–¡No! –gritó Karen–. ¡Si de verdad quieres saber qué hacía Lucio en aquel avión, pregúntaselo a Beatriz! No espero que me creas, pero si miras los recibos de la tarjeta de crédito del mes de enero, verás que yo sólo compré un billete para Río y otro para Londres. Sí, es cierto que nos vimos en el avión, pero no estaba conmigo.

–¡Has recobrado la memoria! –exclamó Luiz anonadado.

—Sí, lo recuerdo absolutamente todo —contestó Karen—. Supongo que debería sentirme realmente halagada porque abandonaras ayer a tu amante y a tu hijo para volver a mi lado antes de lo previsto, sobre todo cuando los ves tan poco. Es una pena...

—¿Mi qué? —exclamó Luiz estupefacto.

—No lo niegues. He visto la fotografía que tienes en tu despacho. ¡Tu hijo es exactamente igual que tú!

—Ese niño es exactamente igual que mi hermano Maurice, que murió en un accidente de coche hace más de dos años. No le dio tiempo a arreglar las cosas con Margarita antes de morir y por eso yo me ocupo de ellos.

Karen tragó saliva.

—Perdón —consiguió decir—. No lo sabía...

—Ya veo que no —dijo Luiz indicándole que se sentara.

Karen obedeció.

—No entiendo nada. Beatriz... y tu madre también... las dos me dijeron que el niño era tuyo.

—Las dos te han mentido —contestó Luiz enfadado—. ¿Cuándo has recuperado la memoria?

—Ayer —contestó Karen—. Lo que te dije por la noche no era cierto. Me dejé llevar por los celos porque no podía soportar imaginarte con otra mujer.

—Te entiendo perfectamente.

—Jamás tuve una aventura con Lucio Fernandas ni con Jorge Arroyo ni con nadie —le aseguró Karen.

—Te creo, pero no entiendo por qué te fuiste.

—Beatriz me enseñó la fotografía y me dijo que

el niño era tuyo. A partir de entonces dejé de pensar con claridad.

–Todavía estabas traumatizada por el aborto –reflexionó Luiz con tristeza–. Beatriz pagará lo que te ha hecho. Jamás he querido a una mujer como te quiero a ti. Lo supe desde el primer momento. Te vi y supe que quería casarme contigo y formar una familia a tu lado. Sé que tú no sientes lo mismo por mí, pero...

–Yo también te quiero, Luiz –sonrió Karen–. ¿Crees que podríamos volver al principio?

–Claro que sí –contestó Luiz besándola–, pero primero tengo que encargarme de mi hermano y de su mujer.

–Raymundo no sabía nada –lo defendió Karen–. ¡Cuando se entere, lo va a pasar fatal!

–Los quiero a los dos fuera de aquí en menos de una hora.

–No le hagas eso a tu hermano, él ama este rancho tanto como tú.

Luiz la miró con el ceño fruncido.

–Entonces, ¿qué quieres que haga?

–Dile a Beatriz que se vaya, pero deja que Raymundo se quede. Así, se librará de ella. Ha sido débil, todos lo sabemos, pero dale una oportunidad. Hay veces en las que un divorcio a tiempo es la mejor salida.

–Está bien –accedió Luiz–. Voy a hablar con él y que haga lo que quiera.

–Ya has perdido a un hermano, no pierdas otro –le aconsejo Karen.

–Eres la mejor mujer del mundo –dijo Luiz yendo hacia ella de nuevo y besándola–. No me dejes nunca.

Karen no tenía ninguna intención de hacerlo.

Lo observó mientas salía de su habitación y sintió pena por Beatriz, que no sabía la que se le venía encima. Seguro que Raymundo elegía quedarse y con el tiempo encontraría a otra mujer.

Mientras tanto, Luiz y ella podrían formar una familia.

De hecho, podrían empezar inmediatamente.

Epílogo

TENGO tres centímetros más de cintura que cuando te conocí –se quejó Karen.

–Uno por cada hijo –contestó Luiz–. Hay cosas que exigen ciertos sacrificios.

–¿Y tú qué has sacrificado? –se burló Karen.

–Mi libertad –rió Luiz–. ¡El sacrificio más grande que un hombre puede hacer! ¿Vienes a la cama o tengo que ir a buscarte?

–Ven a buscarme –lo desafió Karen.

En un abrir y cerrar de ojos, Luiz se levantó de la cama, la tomó en brazos y se tumbó sobre ella. Hicieron el amor de manera dulce y apasionada, como siempre.

¡Seis años! Seis años que habían pasado volando. Edmundo nació nueve meses después de que Beatriz se fuera apresuradamente, Joanna lo siguió año y medio después y la pequeña María Teresa había nacido el año pasado.

El primogénito era exactamente igual que su padre y las niñas se parecían cada vez más a su madre, exactamente como tenía que ser según Luiz.

Karen estaba feliz con su vida y todos los días

daba gracias al cielo porque le hubiera tocado la lotería que le permitió ir a Brasil de vacaciones.

Luiz no le había contado nunca qué le dijo exactamente a Beatriz aquel día, pero su cuñada no tardó ni una hora en hacer las maletas y abandonar la casa.

Raymundo se había divorciado de ella, pero todavía no había encontrado a otra mujer. La que sí se había casado era Regina aunque todavía no tenía hijos. Margarita también había encontrado a otro hombre, pero Luiz seguía visitándolos cuando iba a Brasilia.

Aunque Cristina había jurado y perjurado que se arrepentía profundamente de lo que había hecho, Luiz no la había perdonado del todo y Karen dudaba mucho que su suegra y ella pudieran mantener algún día una buena relación.

–¿No estás dormida? –le preguntó Luiz en la oscuridad.

–¿Por qué no me cantas una nana? –sugirió Karen.

Aquello hizo reír a Luiz.

–Me parece que tengo un remedio mejor contra el insomnio.

–Y luego dices que soy yo la insaciable –lo acusó Karen colocándose a horcajadas sobre él.

–Estaba pensando que podríamos ir por un centímetro más de cintura –comentó Luiz–. Me encantaría tener otro niño.

Karen arqueó la espalda disfrutando de sentirlo de nuevo en el interior de su cuerpo.

–A lo mejor, con un poco de suerte, conseguimos tener mellizos esta vez –contestó–. Niño y niña. Cinco me parece un buen número. Claro que, por otra parte, podríamos seguir hasta que tuviéramos un equipo de fútbol completo. Piénsalo...

Luiz le dio la vuelta y se tumbó sobre ella besándola con tanta pasión que a Karen se le olvidó lo que iba a decir.

Seguramente, no sería nada importante.

Acepte 2 de nuestras mejores novelas de amor GRATIS

¡Y reciba un regalo sorpresa!

Oferta especial de tiempo limitado

Rellene el cupón y envíelo a

Harlequin Reader Service®

3010 Walden Ave.

P.O. Box 1867

Buffalo, N.Y. 14240-1867

¡Si! Por favor, envíenme 2 novelas de amor de Harlequin (1 Bianca® y 1 Deseo®) gratis, más el regalo sorpresa. Luego remítanme 4 novelas nuevas todos los meses, las cuales recibiré mucho antes de que aparezcan en librerías, y factúrenme al bajo precio de $3,24 cada una, más $0,25 por envío e impuesto de ventas, si corresponde*. Este es el precio total, y es un ahorro de casi el 20% sobre el precio de portada. !Una oferta excelente! Entiendo que el hecho de aceptar estos libros y el regalo no me obliga en forma alguna a la compra de libros adicionales. Y también que puedo devolver cualquier envío y cancelar en cualquier momento. Aún si decido no comprar ningún otro libro de Harlequin, los 2 libros gratis y el regalo sorpresa son míos para siempre.

416 LBN DU7N

Nombre y apellido	(Por favor, letra de molde)	
Dirección	Apartamento No.	
Ciudad	Estado	Zona postal

Esta oferta se limita a un pedido por hogar y no está disponible para los subscriptores actuales de Deseo® y Bianca®.

*Los términos y precios quedan sujetos a cambios sin aviso previo.

Impuestos de ventas aplican en N.Y.

SPN-03   ©2003 Harlequin Enterprises Limited

Bianca®...
la seducción y fascinación del romance

No te pierdas las emociones que te brindan los títulos de Harlequin® Bianca®.

¡Pídelos ya! Y recibe un descuento especial por la orden de dos o más títulos.

HB#33547	UNA PAREJA DE TRES	$3.50	☐
HB#33549	LA NOVIA DEL SÁBADO	$3.50	☐
HB#33550	MENSAJE DE AMOR	$3.50	☐
HB#33553	MÁS QUE AMANTE	$3.50	☐
HB#33555	EN EL DÍA DE LOS ENAMORADOS	$3.50	☐

(cantidades disponibles limitadas en algunos títulos)

CANTIDAD TOTAL	$	
DESCUENTO: 10% PARA 2 Ó MÁS TÍTULOS	$	
GASTOS DE CORREOS Y MANIPULACIÓN	$	
(1$ por 1 libro, 50 centavos por cada libro adicional)		
IMPUESTOS*	$	
<u>TOTAL A PAGAR</u>	$	

(Cheque o money order—rogamos no enviar dinero en efectivo)

Para hacer el pedido, rellene y envíe este impreso con su nombre, dirección y zip code junto con un cheque o money order por el importe total arriba mencionado, a nombre de Harlequin Bianca, 3010 Walden Avenue, P.O. Box 9077, Buffalo, NY 14269-9047.

Nombre: _____

Dirección: _____ Ciudad: _____

Estado: _____ Zip Code: _____

Nº de cuenta (si fuera necesario):_____

*Los residentes en Nueva York deben añadir los impuestos locales.

Harlequin Bianca®

CBBIA3

BIANCA.

Ambos sabían que si cruzaban la frontera de la relación profesional, ya no habría vuelta atrás

Liz Hart se enorgullecía de ser una buena secretaria: eficiente y casi invisible para su jefe. Sus hermanas sin embargo estaban hartas de que le gustara pasar desapercibida, así que decidieron transformarla y, aunque ella no lo reconociera, estaba entusiasmada con el resultado. ¿Lo notaría también su guapísimo jefe?

A Cole Pierson le extrañó ver a una desconocida en el puesto de su secretaría, pero entonces descubrió que se trataba de Liz, que de la noche a la mañana se había convertido en una verdadera diosa. Iba a resultarle muy difícil trabajar junto a ella, sobre todo ahora que tenían que marcharse juntos de viaje.

HARLEQUIN®
BIANCA

Emma Darcy

AMOR DE NUEVE A CINCO

AMOR DE NUEVE A CINCO

Emma Darcy

¡YA EN TU PUNTO DE VENTA!

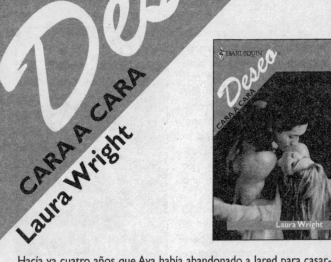

Deseo

CARA A CARA

Laura Wright

Hacía ya cuatro años que Ava había abandonado a Jared para casarse con otro hombre. Ahora ella había regresado y Jared estaba em-
peñado en averiguar el verdadero motivo por el que se había mar-
chado. Su reencuentro se hizo aún más increíble cuando Jared
descubrió su secreto: ¡tenía una hija suya!

Ava sabía que Jared no era de los que perdonaban y olvidaban, pero
también sabía que no estaba dispuesto a volver a perder a la pequeña. A pesar de sus deseos de escapar, no podía dejar de recordar todas las noches maravillosas que había compartido con él.
¿Conseguiría hacer que se olvidara de su orgullo y admitiera que
ella era la mujer de sus sueños?

**Sabía que ella debería haber sido suya
para siempre**

¡YA EN TU PUNTO DE VENTA!